CATHY WILLIAMS

Neuf mois de séduction

Traduction française de
MARIE BACHÉ

AZUR

HARLEQUIN

Collection : Azur

Titre original :
CONSEQUENCES OF THEIR WEDDING CHARADE

HARPERCOLLINS FRANCE
83-85, boulevard Vincent-Auriol, 75646 PARIS CEDEX 13
Service Lectrices — Tél. : 01 45 82 47 47 - www.harlequin.fr
ISBN 978-2-2804-8029-1 — ISSN 0993-4448

Composé et édité par HarperCollins France.
Imprimé en septembre 2022 par CPI Black Print (Barcelone)
en utilisant 100 % d'électricité renouvelable.
Dépôt légal : octobre 2022.

FSC www.fsc.org
MIXTE
Papier issu de sources responsables
FSC® C159065

Pour limiter l'empreinte environnementale de ses livres, HarperCollins France s'engage à n'utiliser que du papier fabriqué à partir de bois provenant de forêts gérées durablement et de manière responsable.

1.

— Des fleurs ? Pour moi ? Tu arrives une heure en avance, Curtis, et avec un bouquet… Bruyère, narcisse, saule. Eh bien, je ne te savais pas si fin connaisseur des jardins d'hiver anglais !

Du haut de son mètre quatre-vingts, Curtis Hamilton baissa les yeux vers son petit parrain et lui adressa un sourire empli de tendresse.

— Je n'y connais absolument rien, répondit-il en refermant la porte d'entrée sur le paysage enneigé de ce mois de février.

Il prit une grande inspiration, s'imprégnant des odeurs familières qui régnaient dans le cottage du vieux célibataire amateur de bonne cuisine.

— D'ailleurs, je ne sais rien des fleurs en général, poursuivit-il avec une nonchalance amusée tout en se débarrassant de son manteau en cachemire et de ses mocassins italiens faits main.

Sa tenue était parfaitement inadaptée au climat rude du Cambridgeshire mais, après tout, il ne neigeait pas lorsque Curtis avait quitté Londres, un peu plus tôt.

— C'est Julia, mon assistante, qui a commandé ce bouquet pour moi. Et pour info, il ne t'était pas destiné, William.

— Je t'avoue que je m'en doutais, mon cher. Puis-je connaître l'heureuse élue ?

— En temps voulu, c'est promis. Mais dis-moi, qu'est-ce que je sens là ?

Il huma les effluves qui provenaient de la cuisine, mais

son regard restait rivé sur son parrain, à l'affût du moindre signe qui indiquerait que quelque chose n'allait pas.

Dès l'instant où le vieil homme avait franchi les portes de l'orphelinat où Curtis, alors âgé de huit ans, se morfondait misérablement, il avait reçu de lui tout l'amour et l'affection qu'un fils peut offrir à son père.

Depuis ses problèmes de santé, dix-huit mois auparavant, William Farrow s'était replié sur lui-même, accablé par un corps qui le laissait tomber et par sa retraite de l'université de Cambridge où il avait enseigné les lettres classiques durant des décennies.

Une double épreuve pour un homme qui avait toujours été actif.

Dieu merci, aujourd'hui, il avait l'air en forme, devançant Curtis dans la cuisine, le bouquet à la main, tout en lui détaillant la préparation du dîner, depuis le magasin où il avait acheté les ingrédients jusqu'à la manière dont il les avait cuisinés.

William était un petit homme rond qui veillait toujours à s'habiller de manière impeccable.

« Au cas où un membre de la famille royale passerait à l'improviste prendre le thé », lui lançait souvent Curtis pour le taquiner.

Aussi, celui-ci ne fut guère surpris que son parrain ne déroge pas à cette règle ce soir-là, avec son élégant nœud papillon rouge et son costume bleu.

Curtis sentit son cœur déborder de tendresse. Dans une vie où les sentiments prenaient peu de place, son parrain était la seule personne qui pouvait prétendre à son amour inconditionnel. Ni l'un ni l'autre n'en parlait jamais, mais Curtis savait parfaitement que William l'avait sauvé d'un passé dramatique et d'un avenir qui n'aurait pas été tendre pour un enfant élevé par une mère droguée, puis abandonné dans un orphelinat quand celle-ci était morte d'overdose. Sans l'intervention du vieil homme, il aurait sans doute connu un destin tragique.

— Je ne t'ai pas vu depuis plus de trois mois, si on ne compte pas ta brève apparition le soir de Noël, observa William en attrapant un vase pour y déposer les fleurs.

Assis devant la table en bois de la cuisine où il respirait avec appétit les arômes de ragoût et de tourte, Curtis fut soudain gagné par la culpabilité.

— Je sais et je ne peux que m'en excuser. Me croiras-tu si je te disais que je n'ai guère eu le choix ?

— Bien sûr, répondit son parrain d'un ton espiègle. Et c'est bien là le problème. Tu travailles trop, mon fils.

William se recula pour inspecter son arrangement floral puis il posa le vase sur la commode adossée au mur avant d'apporter deux verres de vin sur la table.

— Tu as sans doute raison, murmura Curtis en laissant son esprit vagabonder.

Où était-elle ?

Il s'était présenté chez elle avec les fleurs qui étaient parfaitement convenables, bien qu'elles soient un peu abîmées car il les avait jetées sur le siège passager de sa Range Rover avant de poser dessus par inadvertance son sac d'ordinateur.

Mais elle n'était pas là.

Que diable pouvait-elle donc faire à 18 heures un jeudi, au cœur de l'hiver dans les faubourgs de Cambridge ? Curtis avait beau réfléchir, ses pensées se heurtaient à un obstacle.

En tout cas, il avait été tellement surpris qu'il était resté un temps fou à grelotter devant sa porte avant de se décider à aller chez son parrain qui habitait à vingt minutes de là.

Curtis reporta son attention sur William qui le mettait en garde contre l'hypertension, le stress et toute la litanie des maux dont souffrent les personnes débordées par leur activité professionnelle.

Les deux hommes passèrent ensuite un moment agréable, émaillé de taquineries et de questions au sujet des grands projets sur lesquels travaillait Curtis : des bâtiments ultramodernes qui défiaient les lois de la gravité, de vastes sites commerciaux qui venaient s'ajouter à son portefeuille de plusieurs millions de livres. Puis, tandis qu'ils se régalaient de tourte au bœuf et de pommes de terre rôties, survinrent les inévitables questions sur l'avenir.

Une femme… des enfants… tout ce que William Farrow n'avait pas connu, et que visiblement il était essentiel que son filleul ait un jour.

Mais comment savoir ce qui est bon pour quelqu'un lorsqu'on ne l'a jamais vécu soi-même ? pensa Curtis. Son parrain ne s'était pas marié, n'avait pas de descendants et, à sa connaissance, n'avait jamais souhaité avoir ni l'un ni l'autre.

De son côté, il avait retenu de la vie une certitude quant à l'amour et aux promesses éternelles qui en découlent.

Ce n'était pas pour lui.

Il n'était plus ce petit garçon avide d'affection pour une mère qui n'avait pas de temps à lui accorder. Il savait qu'il ne fallait pas donner son cœur à n'importe qui. Les traumatismes de son enfance avaient mis fin à toutes ses illusions. Et comme si cela ne suffisait pas, il y avait eu le désastre avec Caitlin…

Curtis refoula dans un coin de son esprit ces souvenirs désagréables.

— Alors, mon cher garçon, vas-tu enfin me dire à qui ces fleurs étaient destinées ? demanda William tandis qu'ils sirotaient tranquillement un café après avoir dégusté une délicieuse tarte aux noix.

Le jeune homme n'eut d'autre choix que de se replonger sur la question épineuse qui le taraudait depuis deux heures.

— À Jessica… J'ai sonné à sa porte pendant plus d'une demi-heure. En vain. Je me demande bien où elle peut être.

— Ce bouquet était… pour *Jess* ?

Curtis rougit, jeta un coup d'œil à sa montre et s'agita sur sa chaise qui lui sembla soudain trop étroite pour lui. Les yeux bleus perçants de son parrain le fixaient avec une curiosité non dissimulée.

— En quel honneur ? insista celui-ci.

— Depuis quand est-ce un crime d'offrir des fleurs à une vieille amie ? répliqua Curtis sur la défensive.

Comment expliquer que, dans le monde des milliardaires, il savait se comporter comme un leader impitoyable et que, dans ce cottage de la banlieue d'Ely, il en soit réduit à transpirer à la perspective de répondre aux questions embarrassantes d'un homme de soixante-dix ans ?

Alors qu'en plus il n'avait absolument rien à cacher.

— Je... Heu... Cela fait un moment qu'on ne s'est pas vus. Bien sûr, je lui ai envoyé quelques mails, mais j'aime bien... me tenir au courant de ce qui se passe par ici...

— Tu veux dire quand tu t'inquiètes de mon état ? enchaîna William avec perspicacité. Tu veux t'assurer que le vieux schnock que je suis n'est pas au comble du désespoir parce que son cœur n'est plus aussi vaillant qu'avant ?

Il éclata de rire avant d'adresser un signe d'avertissement à son filleul.

— J'apprécie ton inquiétude, mon fils, mais je vais bien. Quant à Jess, poursuivit-il, elle s'est enfin décidée à faire ce que je lui conseillais depuis deux ans : aller à des rendez-vous galants ! Et je suis prêt à parier qu'aucun de ses soupirants ne verra d'un bon œil qu'un autre homme lui offre des fleurs, acheva-t-il en jetant un regard soucieux en direction du bouquet.

— Dans ce cas..., répondit Curtis en plaquant ses mains sur la table avant de se lever, la prochaine fois, je lui apporterai des beignets...

Jess se réveilla en grimaçant au son strident de sa sonnette d'entrée.

Elle jeta un œil à sa montre. Il était un peu plus de 8 heures. D'habitude, qu'elle travaille ou non, elle se levait toujours une heure avant.

Dieu merci, c'étaient les vacances ; sinon, elle n'aurait eu d'autre choix que de piquer un sprint jusqu'à l'école pour arriver à temps. Elle se sentait néanmoins paresseuse d'avoir fait la grasse matinée, même si la nuit avait été longue et éprouvante.

Comment expliquer qu'un rendez-vous avec un ami d'ami qui semblait parfait sur le papier ait pu se révéler aussi… ennuyeux ?

L'homme en question était un collègue professeur dans une école d'York. Il était diplômé d'Oxford en philosophie et enseignait par ailleurs l'activité physique. Tout était réuni pour garantir un esprit ouvert et dynamique, et pourtant…

Elle secoua la tête pour chasser ce vilain souvenir, puis elle enfila une robe de chambre et courut jusqu'à la porte d'entrée.

Jess vivait dans une minuscule maison mitoyenne et chaque fois que le facteur insistait de longues minutes sur la sonnette, ce qu'il faisait systématiquement, elle craignait qu'un de ses charmants mais très vieux voisins ne soit horrifié du vacarme.

Elle ouvrit la porte tout en s'affairant à nouer sa ceinture, un peu éblouie par la lumière grise du ciel hivernal.

Curtis.

Curtis Hamilton. Un mètre quatre-vingts de virilité pure, diablement sexy et capable de faire perdre la tête à n'importe quel être humain parfaitement sensé, dès lors que celui-ci portait son attention sur lui.

Depuis le temps qu'ils se connaissaient, Jess aurait dû être immunisée contre son charme. Hélas, cela n'avait jamais été le cas.

Il avait dix ans et elle trois de moins lorsqu'il était arrivé dans leur école primaire et, bien entendu, tout le monde s'était intéressé à ce petit nouveau.

Jess avait croisé Curtis de temps à autre, mais c'est seulement quand sa mère était venue travailler comme femme de ménage chez William qu'ils étaient vraiment devenus amis.

Elle se souvenait de longues vacances d'été chez les Farrow où elle traînassait tandis que sa mère nettoyait, rangeait et prenait parfois le temps de boire une tasse de thé en compagnie du propriétaire des lieux, un petit homme adorable et très doué pour la cuisine.

Curtis était plus âgé, mais il n'avait jamais rechigné à emmener Jess à la pêche ou à l'inclure dans son groupe d'amis. Avec le recul, elle comprenait qu'il avait perçu son insécurité, sa timidité inhérente et son côté *intello* qui, à l'aube de l'adolescence, était pour elle une source de complexes.

Plus tard, Jess avait pensé que cela l'avait peut-être finalement *dérangé*, mais qu'il était trop gentil pour en parler.

Il y avait eu une brève période où Curtis avait semblé disparaître puis, lorsqu'elle avait eu treize ans, elle était soudain devenue *visible*. Il lui avait parlé de ses projets de réussite et avait ri quand elle l'avait interrogé sur ses conquêtes amoureuses, levant les yeux au ciel avant de lui confier qu'il n'avait aucun pouvoir d'attraction dans ce domaine...

Jess tenait à cette place qu'elle avait dans la vie de Curtis dont les petites amies allaient et venaient tandis qu'elle demeurait sa confidente. Peu à peu, elle était devenue dépendante de cette confiance qu'il lui accordait. Il était toujours là pour la rassurer quand elle doutait de son apparence et il l'avait aidée à se sentir bien dans sa peau dans les moments les plus fragiles de son adolescence. Bien sûr, elle avait toujours pu compter sur ses propres parents, mais Curtis lui apportait un soutien qui lui permettait de s'affirmer plus librement.

Qu'aurait-elle fait s'il n'avait pas été là pour elle, cinq ans avant, quand elle avait perdu son père adoré ? Curtis était absent, mais il était revenu dès qu'il avait appris la nouvelle et il lui avait offert le plus tendre des réconforts.

Les amitiés enfantines et les engouements adolescents s'étiolent généralement avec le temps. Pas pour Jess. Ces sentiments avaient évolué en quelque chose de plus profond. Elle voulait à présent que Curtis soit davantage qu'un ami, mais le message qu'elle devinait en retour était clair : elle occupait une place unique et privilégiée dans le cœur de celui-ci, mais cela n'irait jamais plus loin.

Combien de temps aurait-elle passé à se morfondre en attendant que son souhait se réalise si Curtis ne s'était finalement pas fiancé à Caitlin Smyth, un an et demi auparavant ?

Les fiançailles avaient été de courte durée dans la mesure où Caitlin avait rompu, mais cet événement avait permis à Jess de se libérer de l'envoûtement qui la liait à Curtis.

Elle l'avait volontairement évité ces derniers temps, répondant à ses mails ou lui parlant occasionnellement au téléphone, mais elle faisait en sorte de s'absenter quand elle savait qu'il venait rendre visite à William.

Sorties scolaires, séjour chez sa mère qui avait déménagé dans le Devon, urgence au travail, toutes les excuses étaient bonnes pour se dérober. Et la plupart du temps, Jess y était parvenue. Les rares fois où elle s'était trouvée en présence de Curtis, elle s'était débrouillée pour qu'ils ne soient pas seuls. Une manière comme une autre de se protéger d'elle-même et de sa propre faiblesse.

Jusqu'à aujourd'hui.

Car il se tenait là devant sa porte, tout sourires, un paquet dans les mains et aussi attirant que la dernière fois qu'elle l'avait vu.

Il portait un manteau en cachemire déboutonné et des mocassins qui n'étaient absolument pas adaptés à ce temps glacial. Sous son manteau, elle aperçut un jean et reconnut son vieux pull de rugby.

Il était si beau, si parfait à tous points de vue avec ses épais cheveux bruns striés de reflets caramel, ses yeux verts aux nuances de la mer, sa fossette au menton et ses cils épais et sombres qui l'avaient toujours fait craquer.

— Tu me laisses entrer avant que je meure d'hypothermie ?

— Curtis !

— Ah, tu te souviens donc de moi ! Pousse-toi, Jess. Je suis congelé.

Il entra et se débarrassa de son manteau.

— Je sais, tu vas me dire que je suis fou de m'être habillé

avec un truc aussi léger, mais comment pouvais-je savoir qu'il allait neiger ? J'étais sûr d'avoir mis ma parka dans la remise mais impossible de remettre la main dessus.

Il baissa les yeux vers elle, et Jess pria pour ne pas rougir. Elle s'était réveillée de sa torpeur en apprenant les fiançailles de Curtis et avait accepté l'évidence : elle ne serait jamais le genre de petite blonde sexy qui l'attirait. Elle mesurait un mètre soixante-quinze et avait toujours eu des courbes généreuses. À la mort de son père, elle était même devenue un peu ronde mais, depuis quelques mois, elle avait réussi à retrouver une silhouette acceptable en réduisant sa consommation de chocolat.

— Où sont passées tes lunettes ? demanda Curtis, ses yeux verts rivés sur elle comme s'il procédait à une inspection militaire.

— J'ai subi une intervention au laser, répondit Jess en l'invitant d'un geste à la suivre dans la cuisine.

Elle rassembla ce qu'il lui restait de courage et attendit qu'il soit assis pour lui demander ce qu'il faisait là.

— Un beignet ? interrogea-t-il en inclinant la tête vers la boîte qu'il avait déposée sur la table. C'était prévu depuis longtemps, cette opération ?

— Tu es venu m'apporter des… *beignets* ?

— Pourquoi pas ? répliqua-t-il en haussant les épaules. C'est à ça que servent les amis, non ?

— Curtis, j'étais en train de dormir !

— C'est vrai que tu as l'air un peu groggy. Tu t'es couchée tard ? ajouta-t-il en lui lançant un regard de prédateur. Non, ne me réponds pas tout de suite.

— Je vais m'habiller.

— Tu as changé quelque chose à tes cheveux aussi…

— Curtis, je reviens dans une seconde mais, honnêtement, j'ai une journée très chargée qui m'attend.

— Pour faire quoi ? Tu es en vacances. C'est William qui me l'a dit.

— Les enseignants ne travaillent pas seulement pendant les périodes scolaires, et il y a beaucoup à faire en ce moment, marmonna-t-elle.

Il sourit et tapota le dossier de la chaise voisine de la sienne pour l'inviter à venir s'asseoir.

— Inutile d'aller te changer. J'ai l'habitude de te voir *ébouriffée.*

Jess sortit de la pièce sans tenir compte de sa remarque. Oui, Curtis l'avait vue dans cet état un nombre incalculable de fois par le passé. Comme cette nuit où, alors qu'elle était âgée de dix-huit ans, il s'était présenté chez elle après avoir rompu avec une autre petite blonde, Mickey. Ils avaient regardé deux films d'affilée en buvant une bouteille de vin et en se gavant de chips. À ce moment-là, l'amitié enfantine que Jess éprouvait autrefois pour lui avait déjà évolué en quelque chose de bien plus dangereux.

Elle se changea rapidement. Soudain gênée par sa nouvelle silhouette, elle enfila un vieux sweat-shirt très ample. Elle se serait bien fait une queue-de-cheval mais, Curtis avait vu juste, elle avait changé de coiffure en même temps que tout le reste. Au lieu d'être longs et indisciplinés comme avant, ses cheveux lui arrivaient désormais à l'épaule et il n'était plus question de les nouer.

Jess jeta un regard à son image dans le miroir. Elle était toujours trop grande, mais sa nouvelle coupe lui allait bien et c'était si agréable de ne plus porter de lunettes. Et puis il fallait reconnaître que cela mettait en valeur ses yeux.

Elle prit une grande inspiration et retourna à la cuisine où elle trouva Curtis en train de se régaler d'un beignet.

— Tu n'en veux pas un ? proposa-t-il la bouche pleine.

Elle secoua la tête.

— Peut-être un peu plus tard, dit-elle en se dirigeant vers la machine à café.

Comme c'était agaçant de constater que, malgré tout le mal qu'elle s'était donné pour se détacher de Curtis, il suffisait qu'il se pointe comme une fleur chez elle pour qu'elle soit *à nouveau* dans tous ses états…

On aurait dit que sa présence aspirait l'oxygène de la pièce, rendant l'atmosphère irrespirable pour elle. Elle savait qu'il la fixait tandis qu'elle mélangeait l'eau bouillante avec le café. Son corps entier la brûlait comme du feu.

Mais que lui arrivait-il ? C'était plus fort qu'elle. Cet homme lui collait à la peau et lui faisait perdre la tête d'un simple regard. Le pire, c'est que, maintenant qu'elle avait décidé qu'il était le fruit défendu, il avait un effet encore plus dévastateur sur ses sens. Elle devait à tout prix contrôler ses réactions. Dieu merci, Curtis n'allait pas s'éterniser. Elle le presserait de sortir dès qu'il aurait fini sa tasse de café et, ensuite, peut-être irait-elle voir sa mère.

Non, à la réflexion, cela ressemblerait trop à une fuite.

Et comment laisser tomber William à qui elle avait promis de passer deux jours à le seconder dans l'écriture de ses mémoires ? Le vieil homme avait commencé ce travail au moment de prendre sa retraite, et une fois par semaine Jess l'aidait à retranscrire ses notes. Elle profitait de cette occasion pour dîner avec lui et s'assurer qu'il allait bien car elle savait qu'il souffrait de solitude.

— Alors comme ça, tu m'évites, Jessica Carr ? lança Curtis en lui jetant un regard amusé et interrogateur par-dessus sa tasse de café.

— Tu es fou ? Pour quelle raison ferais-je cela ?

— Je n'en ai pas la moindre idée, mais je suis ouvert à toutes les hypothèses…

— J'ai été très occupée ces derniers temps à l'école. Nous montons des collectes de fonds pour financer l'équipement de la nouvelle salle informatique. Je n'ai pas eu une minute à moi.

— J'ai remarqué. Et cela a été le cas toutes les fois où j'ai essayé de te voir quand j'étais de passage en ville. Mais le bruit court aussi que ce n'est pas seulement le travail qui t'occupe en ce moment.

— Que veux-tu dire ?

— Je suis passé chez toi hier soir avant d'aller chez William, mais tu étais sortie… Un rendez-vous galant, sans doute ? ajouta-t-il en la fixant de ses yeux verts étincelants.

— Comme tu es curieux, dit-elle, troublée.

Mais elle ne put s'empêcher de sourire. Leur amitié n'avait-elle pas toujours été émaillée de confidences de la sorte ? Et comment résister à la pointe de taquinerie qu'elle devinait dans sa voix ?

Jess leva les yeux au ciel en soupirant.

— Tu sais bien que ma vie privée ne te regarde pas, Curtis.

— Je ne vois pas qui ça pourrait regarder d'autre… Alors ? insista-t-il. Comment c'était ? Et où l'as-tu rencontré ?

— C'est un ami d'ami et oui, merci, tout s'est très bien passé. Il est professeur comme moi, donc nous avons des points communs.

— Ça a déjà l'air ennuyeux… Ne dit-on pas que les contraires s'attirent ?

— Comment as-tu trouvé ton parrain ? demanda-t-elle, désireuse de donner une tournure moins risquée à la conversation. Il avait l'air plus effacé que d'habitude la dernière fois que je l'ai vu, il y a une semaine.

— Effacé ? Que veux-tu dire ? Il est toujours enjoué quand je lui parle au téléphone.

— Il ne veut pas t'inquiéter, Curtis.

— En quoi le fait de me confier ce qui le tracasse pourrait m'inquiéter ? répliqua-t-il d'une voix amusée.

— À ton avis ?

Il fronça les sourcils et pencha la tête vers elle.

— Je me trompe ou je sens une tension entre nous ?

Au son de cette voix basse et sexy, Jess ne put réprimer un frisson de désir. Curtis était terriblement attirant… Au-delà de son physique de rêve et de son charme envoûtant, c'était sa sensibilité qui le rendait aussi dangereux. Il savait écouter, il comprenait rapidement les choses et devinait comment orienter la conversation pour obtenir les confidences les plus secrètes. Le fait même qu'ils aient été des amis proches depuis si longtemps rendait Jess d'autant plus consciente des risques. Elle était tombée amoureuse d'un type qui ne voyait en elle qu'une fille banale et sans grand intérêt.

Hors de question d'admettre l'existence d'une quelconque *tension* entre eux, mais elle ne souhaitait pas non plus lui cacher ses impressions au sujet de son parrain. Jess était trop attachée au vieil homme.

— William t'admire et te ménage, mais il ne va pas bien.

Curtis ne s'était jamais absenté aussi longtemps, ne faisant qu'un passage éclair le jour de Noël. Durant ces semaines de solitude, Jess avait décelé chez le vieil homme des petits signes évocateurs de dépression qui lui avaient rappelé ceux qu'avait connus sa mère après la mort de son mari.

— Ne sois pas ridicule…

— C'est fou comme parfois tu peux être… *aveugle* ! répliqua-t-elle en levant les yeux au ciel tandis qu'il gardait les sourcils froncés comme s'il réfléchissait à ce qu'elle venait de dire. Tu es son filleul adoré. Pour lui, tu as conquis le monde. Tu n'imagines pas sa fierté et sa joie quand il raconte comment tu es arrivé premier en maths à Cambridge avant de développer une application qui a poussé tous les ingénieurs du monde à te l'acheter à prix d'or. Il te décrit comme le petit génie qui, à vingt-trois ans, s'était déjà constitué un portefeuille immobilier, tout en fondant sa propre société pour créer des constructions haut de gamme, engrangeant toujours plus de millions…

— Arrête, je t'en prie, coupa Curtis en levant les mains pour simuler un geste de reddition. Tu ne voudrais pas que je prenne la grosse tête, n'est-ce pas ?

Mais sous son ton léger, son esprit bouillonnait. William ? Dépressif ? Rien que d'y penser, il fut parcouru d'un sentiment d'inquiétude. S'il savait protéger son cœur du reste du monde et des femmes en particulier, il restait vulnérable lorsqu'il s'agissait de son parrain.

— Je pense qu'il n'a pas envie de t'ennuyer avec ses problèmes, reprit Jess. Et dans la mesure où ces dernières semaines tu n'as pas été très... présent, je suppose qu'il voulait profiter de toi au maximum quand tu étais là.

— Sais-tu qu'aucune femme ne me parle jamais comme tu le fais ? répliqua-t-il, mais Jess devina que son attention était distraite par ce qu'elle venait de lui annoncer.

Le cerveau brillant de Curtis devait déjà essayer de trouver comment remédier à un problème dont il n'avait pas pris conscience jusqu'alors.

Elle l'observa, si familier, si précieux à ses yeux et tellement inconscient de ce qu'elle ressentait pour lui.

Fréquentait-il quelqu'un en ce moment ? Elle avait souvent eu vent de ses liaisons grâce aux paparazzis qui le laissaient rarement en paix. Il faut dire que Curtis, qui alliait une beauté stupéfiante à une fortune démesurée, était une cible de choix pour les amateurs de potins mondains. Mais Jess ne se souvenait pas d'avoir lu grand-chose à son sujet récemment.

Ce ne sont pas tes affaires !

— Ces pauvres femmes avec qui tu sors sont si désespérées de gagner tes faveurs qu'elles obtempèrent à tout ce que tu dis, voilà tout ! Si tu veux mon avis, ce n'est pas sain...

Curtis éclata de rire et lui lança un regard chaleureux.

— Dieu merci, j'ai une casse-pieds dans ma vie qui veille à ce que mon ego ne prenne pas trop le dessus.

— Merci du compliment, répondit Jess en ressentant un pincement douloureux, bien qu'elle sache que, pour lui, c'en était *réellement* un.

— Je vais garder un œil sur William tant que je serai là. J'ai réglé pas mal d'affaires urgentes à l'étranger, donc je serai moins absent durant les prochains mois. J'avais prévu de repartir à la fin du week-end mais, tout compte fait, je vais prolonger mon séjour d'une semaine. Heureusement, le cottage bénéficie d'une connexion optimale à Internet, donc je pourrai travailler sur place.

Curtis s'interrompit brusquement et la regarda d'un air grave avant de reprendre :

— Je ne suis pas venu simplement t'apporter des cadeaux, déclara-t-il.

— Je ne pensais pas que les beignets étaient censés être des cadeaux, répondit-elle poliment. Mon anniversaire n'est que dans trois mois, mais j'apprécie l'attention.

— Disons qu'il s'agissait plutôt d'une… Comment dire…

— Allons, Curtis, ne sois pas timide. Cela ne te ressemble pas.

Il se leva en souriant et se dirigea vers le réfrigérateur qu'il ouvrit pour en examiner le contenu.

— Et si tu nous préparais un vrai petit déjeuner ? Ou alors je m'en charge. Voyons un peu ce que nous avons ici…

Il sortit un pot blanc et en inspecta le couvercle.

— Tu as autre chose que ce yaourt grec périmé depuis trois jours ?

Voilà où cela m'a menée d'être la bonne copine de cet homme, pensa Jess un peu désespérée. *Je me retrouve avec un type qui fouille tranquillement dans mon frigo tandis que d'autres ont droit à des roses et à une invitation à l'opéra.*

— Assieds-toi, dit-elle. Je vais nous faire une omelette.

— Si tu préfères, je t'emmène prendre le petit déjeuner dehors…

— Je ne peux pas, répliqua vivement Jess. J'ai une journée chargée qui m'attend.

— Tu l'as déjà dit mais, comme tu es en vacances, j'aimerais bien savoir ce qui t'occupe autant.

— J'ai rendez-vous avec l'équipe enseignante, répondit-elle évasivement. Nous devons mettre en place de nouveaux projets pour récolter des fonds et garantir l'autonomie de notre école. Sinon, elle risque d'être fusionnée avec l'énorme lycée d'à côté, ce qui serait un désastre pour tout le monde.

— Il vous faudrait un généreux donateur, murmura Curtis pensivement.

Jess se leva pour aller chercher des œufs qu'elle cassa dans une poêle, tout en mettant des toasts à griller.

— Alors ? dit-elle au bout de quelques instants. Qu'avais-tu de si important à me demander, Curtis ?

Car il y avait bien une raison pour qu'il soit là, chez elle, et le fait qu'il tourne autour du pot n'augurait rien de bon.

— J'ai besoin d'une… faveur, finit-il par déclarer.

— Laquelle ? répondit-elle en lui jetant un rapide coup d'œil avant de se concentrer à nouveau sur son omelette.

Pourvu qu'il ne remarque pas son trouble.

— Je suis témoin à un mariage dans deux semaines. John Jones, un jeune lord. Tu as entendu parler de lui ?

— Viens-en au fait.

Curtis s'approcha d'elle en souriant et lui caressa distraitement le poignet.

Un geste anodin qui déclencha en Jess une réaction cataclysmique. Elle sentit naître un feu au creux de ses jambes, et ses seins furent soudain lourds de désir. L'avait-il déjà touchée auparavant ? Bien sûr que oui. Un câlin à son anniversaire, une bise sur la joue à Noël. Et un soir, se rappela-t-elle en rougissant, un baiser sur les lèvres lorsqu'ils s'étaient surpris sous le gui. Elle avait alors dix-neuf ans et lui vingt-deux. Ensuite, il s'était écarté en riant et tout le monde autour d'eux avait applaudi, mais ce baiser l'avait brûlée pendant des semaines.

Si seulement elle avait pris conscience un peu plus tôt de la profondeur de ses sentiments envers Curtis Hamilton, elle se serait ressaisie au lieu d'attendre que ses fiançailles ne l'obligent à affronter le problème.

Jess retira subtilement sa main sans même qu'il ne remarque sa dérobade.

— Alors ? insista-t-elle, le cœur battant.

— Je voudrais que tu m'accompagnes.

— Que je t'accompagne ? Je ne te suis pas…

— C'est une invitation pour deux, expliqua Curtis. J'aimerais donc y aller avec toi, ajouta-t-il en détournant brièvement le regard.

— Pour quelle raison ?

— Je pense que tu passerais un moment… agréable, murmura-t-il en lui adressant un sourire si séduisant que Jess dut prendre une grande inspiration pour recouvrer ses esprits.

— Agréable…, répéta-t-elle, faute de mieux.

— Comme tu me l'as dit plusieurs fois en l'espace de…, fit-il en s'interrompant pour jeter un œil à sa montre… plus d'une heure, tu n'as pas eu de temps pour toi récemment.

— Je ne crois pas avoir utilisé ces mots, répondit Jess, un peu confuse.

— Le fait est qu'il est difficile de rester positif dans son travail quand on est sans arrêt débordé. Oui, je sais, tu vas me dire que tu sors et que tu as des rendez-vous galants…

Il marqua une pause comme s'il l'invitait à saisir la perche qu'il lui avait tendue, mais Jess préféra l'ignorer. Il reprit donc avec un soupir inquiet :

— En tout cas, visiblement, tu es très occupée. Je le sais parce que William m'a dit que tu venais moins souvent l'aider pour ses mémoires.

— C'est vrai que j'ai été pas mal prise, mais…

— Crois-moi, Jess. Tu as besoin de faire une pause, et c'est pour ça que je suis là. Je t'invite en week-end dans un endroit qui te plaira.

— Curtis, c'est imposs…

— Courchevel ! annonça-t-il comme un magicien qui sort un lapin de son chapeau. Quelques jours bien mérités dans un sublime palace cinq étoiles, tous frais payés, à pratiquer l'activité que tu préfères au monde : le ski. Et pour couronner le tout, tu me ferais une énorme faveur, Jess. Tu sais ce que je pense des mariages…

— Oui, répliqua-t-elle d'un ton sarcastique. Tu as peur d'être la cible d'une horde de femmes en quête du prince charmant.

— Exactement. J'ai besoin de toi pour rendre l'expérience supportable. Quelques heures, je m'en serais sorti tout seul mais, quatre jours, c'est tout simplement impensable.

— En d'autres termes, il te faut un chaperon.

Un chaperon qui ne risquerait pas de lui faire tourner la tête. Un chaperon en la personne de son amie d'enfance, c'est-à-dire une femme totalement immunisée contre son charme diabolique.

— Eh bien, aussi tentant que cela puisse paraître, Curtis Hamilton, ma réponse est non !

2.

— Comment ça, non ?

Il avait l'air réellement surpris, ce que Jess put comprendre facilement. Dans le monde bien organisé de Curtis, elle bénéficiait d'une place à part. Elle était l'amie de toujours, probablement la seule femme de la planète sur laquelle il pouvait compter sans arrière-pensée déplacée. Alors pourquoi diable, devait-il se dire, avait-elle rejeté catégoriquement son offre de passer un week-end de luxe qui lui aurait permis de recharger ses batteries après ces durs mois de labeur ?

C'est vrai, elle avait écarté sa proposition du revers de la main sans même prendre la peine de lui fournir la moindre explication.

Le fait qu'elle ait décliné une occasion de skier devait encore plus le déconcerter, elle qui excellait dans cette discipline qu'elle aimait par-dessus tout.

Tandis que Jess s'efforçait de trouver une raison plausible à son refus, le visage de Curtis s'éclaircit et il lui jeta un regard entendu.

— Ça y est, j'ai compris, murmura-t-il.

— Vraiment ? fit-elle, alarmée.

— Oui. On se connaît depuis longtemps, Jess. Je lis en toi comme dans un livre ouvert.

Elle fut soudain prise de panique. Cet homme savait mieux que quiconque deviner ses pensées. Toutes ses esquives et ses dérobades avaient-elles conduit Curtis dans la direction qu'elle avait tant cherché à dissimuler ? Avait-il compris qu'elle était éprise de lui ? Qu'elle voulait davantage que cette amitié prétendument platonique à laquelle il tenait tant.

Savait-il ce qu'elle ressentait vraiment pour lui ?

Elle pâlit à cette pensée. Rien ne pourrait être pire. Pas seulement parce que Curtis se moquerait d'elle à l'idée qu'elle s'imagine concurrencer les blondes glamour qu'il avait l'habitude de fréquenter, mais parce que cette révélation signerait la fin de leur amitié.

— Et donc ? demanda-t-elle dans un souffle.

— Tu as rencontré quelqu'un, déclara-t-il. Le fait que tu sois si secrète au sujet de ton rendez-vous d'hier soir me le confirme. C'est du sérieux.

Il s'interrompit quelques secondes comme s'il attendait qu'elle réagisse. En vain. Alors, il fronça les sourcils.

— Franchement, je suis un peu blessé que tu ne m'en aies pas parlé avant.

Jess jeta un œil dans sa direction et eut soudain le sentiment qu'il était sincère. Se pourrait-il qu'il soit *vraiment* blessé ? Elle chassa rapidement cette pensée dérangeante.

— Pourquoi devrais-je me confier à toi ? demanda-t-elle, étonnée.

— Parce que tu sais tout de ma vie !

— Curtis, c'est le cas de la moitié du pays ! s'exclama-t-elle en éclatant de rire.

Jess s'attendait à ce qu'il fasse de même, mais il lui lança un regard si furieux qu'elle rit de plus belle sans parvenir à s'arrêter.

— Tu es plus présent dans les tabloïds que le bulletin météo, poursuivit-elle en s'esclaffant. Tu n'as pas besoin de me dire avec qui tu sors, il me suffit d'acheter le journal au coin de la rue.

À cette pensée, elle eut un pincement au cœur, mais continua à sourire. Oui, elle voyait parfaitement le genre de petites blondes ravissantes avec qui Curtis sortait. Cela dit, aucune de ses liaisons ne semblait durer plus de quelques jours.

Curtis avait prétendu qu'il la connaissait par cœur. Pouvait-elle en dire autant à son sujet ? En y pensant, Jess s'apercevait qu'elle ne savait pas grand-chose sur lui. Il n'avait jamais évoqué son enfance, se contentant de déclarer que William était la meilleure figure paternelle dont on puisse rêver. Cet homme avait l'art d'esquiver les questions auxquelles il ne voulait pas répondre.

Il approchait de la trentaine, un âge raisonnable pour s'engager, mais, dès qu'il évoquait ses relations avec les femmes, Jess notait une pointe de cynisme dans sa voix. Pour Curtis, le mariage était clairement une institution qui ne méritait pas qu'on s'y attarde.

Pourtant, il s'était fiancé. Et ce n'est pas lui qui avait rompu. Son aversion pour l'engagement était-elle liée au fait qu'on lui avait brisé le cœur ? Non, car du plus loin qu'elle se souvienne Jess l'avait toujours connu méfiant vis-à-vis du mariage. Était-ce simplement son imagination qui lui jouait des tours ?

— Tu ne m'as jamais raconté ce qui s'est passé avec Caitlin…, dit-elle, consciente de s'aventurer sur un terrain dangereux.

Quand elle lui avait posé la question à l'époque, il n'avait pas souhaité s'étendre. Pourtant, n'étaient-ils pas censés être des amis proches ? Il était blessé qu'elle ne lui ait pas dévoilé sa vie intime alors que lui-même ne révélait rien de la sienne. Soudain, Jess fut prise d'une colère qui monta d'un cran quand elle comprit que cette fois encore il n'avait pas l'intention de lui répondre.

— C'est de l'histoire ancienne, fit-il évasivement en fronçant les sourcils.

Sa question avait visiblement pris Curtis au dépourvu. Pendant quelques instants, il resta songeur et elle eut le sentiment qu'il plongeait dans les méandres de son esprit peuplé de non-dits mystérieux.

— C'est un peu fort de ta part d'être vexé que je veuille

garder ma vie privée pour moi alors que, de ton côté, tu n'as aucun scrupule à le faire, déclara-t-elle. Le monde entier sait avec qui tu sors mais, dès qu'il s'agit de se livrer plus personnellement, tu te fermes comme un coffre-fort.

— Qu'y a-t-il, Jess ? Vas-tu enfin cracher le morceau ?

— Rien de particulier…

— Donc tu ne veux pas me dire qui tu fréquentes ? insista Curtis une dernière fois avant de hausser les épaules. Qu'à cela ne tienne. Ce n'est pas la fin du monde…

Jess ressentit une pointe de douleur. Elle avait réussi à garder ses distances avec lui mais, maintenant que Curtis était là, face à elle, leur complicité d'antan lui manquait. Quand il plongea son regard indéchiffrable dans le sien comme s'il voulait sonder ses pensées les plus profondes, son cœur s'emballa dans sa poitrine. Elle refoula les larmes qui menaçaient de jaillir de ses yeux. Que lui arrivait-il ? Elle n'allait tout de même pas se mettre à pleurer devant lui ! Elle devait avoir confiance et tenir bon. Avec le temps, elle parviendrait à se détacher de lui, et ils redeviendraient amis comme autrefois.

— J'imagine que c'est à cause de cette nouvelle rencontre que tu as refusé mon offre généreuse, n'est-ce pas ?

Mon Dieu, que lui dire ? Comment répondre ? Elle repensa à son prétendant de la veille. Pauvre Mike… Il cochait beaucoup de cases, et pourtant elle ne lui avait trouvé aucun charme.

Jess haussa les épaules, résolue à se taire, mais c'était sans compter sur la détermination de Curtis.

— Alors ? insista-t-il. Je suis sur la bonne voie, non ?

— Comment fais-tu pour être aussi tenace quand il s'agit d'obtenir ce que tu veux ?

Elle ne put réprimer un soupir de soulagement en le voyant sourire.

— Tu as peur que ton nouvel amoureux n'accepte pas que l'on passe un long week-end ensemble ?

C'est fou à quel point cet homme parvenait à donner une tournure personnelle à un sujet sans même s'en rendre compte.

— Je ne laisserai jamais quelqu'un dicter ma vie à ma place, répliqua-t-elle en rougissant.

Curtis acquiesça.

— Tu as bien raison mais, au cas où ton prétendant serait fâché, tu pourras lui rétorquer qu'il n'a aucune crainte à avoir : nous serons dans des chambres séparées, et tu seras libre de ton temps durant la majeure partie du week-end. Bien sûr, nous nous retrouverons pour la cérémonie, mais c'est à peu près tout. Tu pourras skier à ta guise le reste du temps…

Il se pencha vers elle et murmura doucement :

— Ne me dis pas que tu n'es pas tentée…

Troublée, Jess détourna le regard pour qu'il ne voie pas à quel point il avait raison.

S'il savait… La tentation s'était emparée d'elle à la minute où il était entré. Et elle ne concernait pas seulement la perspective de pouvoir faire du ski…

— En plus, j'ai un autre point qui pourrait achever de te convaincre, ajouta Curtis en souriant.

— Quoi donc ?

— Une donation considérable pour ton école. Parce que, si ce n'est pas à cause d'un type, c'est forcément en raison de tes difficultés à trouver de quoi financer vos nouveaux bureaux…

— Il s'agit de matériel informatique.

— Je soutiens souvent des organisations caritatives par le biais de mes sociétés et j'aimerais faire un don personnel pour vous aider.

Il avança une somme, et Jess en eut le souffle coupé. Non seulement cela permettrait d'acheter tous les ordinateurs dont ils avaient besoin mais, en plus, l'école pourrait entreprendre les travaux de réparation nécessaires dans deux bâtiments qui avaient été abîmés par un dégât des eaux l'hiver précédent.

— Tu as besoin *à ce point* d'un chaperon pour ce mariage, Curtis ?

— Pourquoi ne pas être venue me voir avant si tu étais à la recherche d'une aide financière ?

— Jamais je ne ferais une chose pareille !

— Pour quelle raison ?

— Parce que… ça ne me viendrait pas à l'idée.

— Tu es vraiment unique en ton genre, Jess, dit-il doucement. Tu n'imagines pas le nombre de personnes qui me sollicitent pour avoir de l'argent. Tu es la femme la moins intéressée que je connaisse.

Elle rougit de plaisir et détourna le regard.

— Nous nous connaissons depuis si longtemps, murmura-t-elle. Bien avant que tu ne deviennes riche et célèbre.

— Alors, m'accompagneras-tu, Jess ? Tu me rendrais un grand service…

Elle se sentait prise au piège. Ils n'éprouvaient pas les mêmes sentiments l'un pour l'autre, mais comment Curtis pourrait-il le deviner ?

Et si elle continuait à l'éviter, il ne tarderait pas à se douter de quelque chose. Jess tenait précieusement à leur amitié. En temps voulu, elle arriverait à prendre ses distances avec lui, et ils retrouveraient leur complicité, elle en était sûre.

Son collègue Mike n'était peut-être pas celui qu'il lui fallait, mais il semblait avoir eu un coup de cœur pour elle. Peut-être qu'en le laissant entrer dans sa vie tous les sentiments stupides qu'elle nourrissait envers Curtis disparaîtraient comme neige au soleil.

La vie était ainsi faite.

En plus, ce week-end au ski n'était pas une si mauvaise idée. Passer plusieurs jours d'affilée avec Curtis l'aiderait sans doute à se libérer de son emprise. Une immersion dans son univers peuplé de femmes plus belles les unes que les autres permettrait à Jess de comprendre à quel point il était hors de portée pour quelqu'un comme elle. Cela lui rappellerait fermement son statut *d'amie*.

Mon Dieu, et dire qu'une simple invitation avait suffi à lui faire tourner la tête !

— Ton offre pour l'école serait *vraiment* une bénédiction, mais ne te sens pas obligé de le faire, déclara-t-elle. Je viendrai de toute façon. Tu as raison, cela me fera du bien de me détendre un peu et de skier.

Curtis lui adressa un sourire radieux.

— Je n'ai qu'une parole, déclara-t-il. Le compte en banque de l'école sera crédité d'ici à demain soir.

Jess réussit à garder son calme au cours des dix jours qui suivirent. Le don de Curtis fut une telle bénédiction qu'elle se demanda si le directeur de l'école n'allait pas décréter un jour de congé en son honneur. Quand elle sut qu'il était retourné à Londres, trois jours après son passage, elle se rendit à vélo chez William. La nouvelle de leur escapade à la montagne était déjà parvenue aux oreilles du vieil homme.

— Je suis ravi pour toi, lui confia-t-il alors qu'ils étaient assis tous deux dans la cuisine autour d'une assiette de scones et d'un thé Earl Grey. Tu es comme Curtis, tu travailles trop, ma chère.

Il s'interrompit quelques secondes en lui jetant un regard avisé.

— Mais dis-moi, ton nouvel amoureux voit-il d'un bon œil le fait que tu partes en week-end avec un autre homme ?

Jess ne put s'empêcher d'éclater de rire.

— Jusqu'à présent, j'ai eu trois rendez-vous avec des hommes différents et je vous avoue que je n'ai pas encore trouvé mon bonheur.

— Il reste toujours mon filleul, répliqua William en lui faisant un clin d'œil.

— Voyons, Curtis est mon ami, rien de plus ! s'exclama

Jess en rougissant avant de détourner le regard pour tenter de camoufler son trouble. Nous allons à un mariage ensemble, mais c'est seulement parce qu'il a peur qu'une jolie blonde cherche à lui passer la bague au doigt.

— C'est vrai qu'il aime ce genre de femmes, mais aucune ne semble faire l'affaire…

— Votre filleul souffre d'une phobie de l'engagement.

— Tu penses, ma chère ? Je crois au contraire qu'il souhaite s'engager plus qu'il ne le pense. Et qu'il est juste en train de faire son chemin vers la bonne personne.

— Il faut que j'y aille, dit soudain Jess.

Elle se leva et commença à enfiler son épais manteau rembourré sans oser regarder en direction de William.

Celui-ci était seul depuis trop longtemps. Son imagination débordante commençait à lui jouer des tours. Dès qu'elle serait de retour à Ely, Jess se renseignerait sur les clubs et les associations qui seraient ravis d'accueillir un nouveau membre en la personne de ce brillant professeur retraité et, surtout, fin cuisinier.

Et pourquoi pas, peut-être que ce vieux célibataire endurci finirait même par rencontrer quelqu'un ? Cela le distrairait certainement d'un quotidien un peu morose.

Pas question en tout cas de le laisser en proie à la solitude pour qu'il commence à se poser des questions sur ce qu'elle ressentait pour Curtis.

— Mon filleul recèle beaucoup de trésors cachés, poursuivit William en lui prenant tendrement le bras pour la raccompagner jusqu'à la porte.

— Je m'en souviendrai quand je le verrai résister à toutes les femmes qui se jetteront sur lui à ce mariage, répondit Jess en riant.

Des trésors cachés ? Combien de fois s'était-elle demandé ce que Curtis dissimulait derrière son charme apparent et sa désinvolture ? Et voilà que les mots de William faisaient resurgir dans son esprit des questions qui avaient toujours été présentes…

Ce n'était pas le moment d'être curieuse. Elle était déjà assez nerveuse comme ça, se dit Jess quelques jours plus tard en arrivant à l'aéroport de Heathrow. Elle repéra Curtis en train de pianoter sur son téléphone, assis près de la zone d'enregistrement des premières classes.

C'est fou comme à chaque fois que Jess le voyait elle ressentait un choc. Il lui semblait plus attirant encore que dans ses souvenirs.

Aujourd'hui, il portait une tenue décontractée : un blouson de moto en cuir sur un pull noir, un jean brut et de solides mocassins bruns. Comme elle approchait, il se leva pour l'accueillir.

— Merci d'avoir fait envoyer un chauffeur, Curtis, dit-elle en s'efforçant de camoufler son trouble.

Pourquoi s'était-elle autant couverte ? Elle se sentait mal fagotée et peu attirante sous ses nombreuses couches de vêtements.

— Je n'allais pas te faire venir en transports en commun. Il est vraiment temps que tu aies une voiture, Jess.

— Mais j'en ai une !

Curtis attrapa le passeport des mains de Jess et l'ouvrit pour contempler sa photo. Elle réprima une grimace. C'était un cliché peu flatteur pris à l'époque où elle était beaucoup trop ronde et portait encore ses lunettes aux verres épais.

— Je parlais d'une vraie voiture. Pas d'un tacot capricieux qui démarre quand ça lui chante, dit Curtis avant de jeter un coup d'œil à sa montre. On ne va pas tarder à embarquer. Le voyage risque d'être un peu long. J'aurais dû prendre le jet.

Il la contempla tandis qu'ils se mettaient en route.

— Tu as bien fait de choisir ces vêtements chauds et confortables.

— Et encore, tu n'as pas vu ce que j'ai mis dans ma valise, répliqua-t-elle.

— Et pour la tenue de mariage ?

— Un bas de jogging et un sweat-shirt. Ça fera parfaitement l'affaire, n'est-ce pas ? acheva-t-elle en souriant.

Jess retrouvait avec plaisir le badinage léger qui avait toujours coloré leurs échanges, mais le fait de sentir Curtis si proche d'elle la troublait douloureusement et elle ne pouvait s'empêcher de l'observer à la dérobée. Ce qu'il pouvait être beau avec sa veste en cuir qui mettait en valeur sa stature imposante, sa barbe naissante et ses cheveux épais, un peu trop longs.

— Tu m'excuseras si je ne suis pas très disponible pendant le voyage, Jess. J'ai beaucoup de travail. J'ai passé plus de temps que prévu avec William, et ça m'a mis en retard. D'ailleurs, je l'ai trouvé plutôt en forme, ce vieux grigou.

Il s'interrompit avec un demi-sourire en coin qui la fit littéralement fondre.

— Il semble curieusement excité à l'idée que nous passions ce long week-end ensemble, reprit-il.

Jess ne sut que répondre, mais elle n'eut pas à le faire car Curtis accéléra soudain la cadence.

Il se frayait un chemin à travers la foule de sa démarche féline et autoritaire, sans se soucier des gens qui le regardaient, fascinés par son magnétisme puissant. Pas étonnant que les femmes soient folles de lui.

Jess ne savait toujours pas ce qui s'était passé entre lui et Caitlin mais, si Curtis avait eu le cœur brisé, cela expliquait peut-être qu'il veuille se protéger de toute offensive féminine durant le mariage.

Ils atteignirent enfin le salon des premières classes.

— Café, thé, pâtisserie… Fais ton choix, dit-il en entrant sans la regarder.

Il se dirigea vers un espace libre et s'y installa avant de sortir son ordinateur. De toute évidence, il avait l'intention de travailler jusqu'à l'embarquement et il était si à l'aise en sa compagnie qu'il considérait que ce n'était pas un problème. De son côté, Jess était libre de faire ce qu'elle voulait et, au fond, cela lui allait parfaitement.

— Tu as envie de quelque chose ? demanda-t-elle en posant son sac sur la table.

Il leva brièvement les yeux vers elle.

— Rien, merci. Je serai plus sociable dès que j'aurai répondu à cette série de mails.

— Oh ! mais je n'attends rien de toi, Curtis ! répondit-elle en déboutonnant sa veste.

Elle refoula les pensées jalouses qui se bousculaient dans sa tête. Il n'aurait pas eu cette attitude détachée si elle avait été une de ces blondes délicates qu'il fréquentait. Après tout, pourquoi se donnerait-il du mal pour une vieille copine qu'il connaissait si bien ?

— Que veux-tu dire ? demanda-t-il en plongeant pour la première fois ses yeux verts dans les siens.

— Euh, rien… Juste que je sais très bien la raison de ma présence ici, balbutia Jess en s'efforçant de camoufler son trouble. Je suis là pour te protéger de ton fan-club qui n'attend qu'une occasion pour te mettre le grappin dessus.

— C'est un peu exagéré, répliqua-t-il en haussant les sourcils d'un air amusé tout en continuant à la fixer.

Un pic de chaleur la parcourut, et elle se détourna vivement.

— J'ai pris aussi mon ordinateur. Ne t'inquiète pas pour moi, j'ai largement de quoi faire.

Curtis regarda Jess, conscient que quelque chose lui échappait. Il ne l'avait pas vue depuis un moment, mais ce n'était pas la première fois que des semaines s'écoulent sans qu'ils n'entrent en contact. Après tout, n'était-ce pas la preuve d'une amitié solide ? Ne pas se voir pendant longtemps et retrouver en un instant leur complicité de toujours ?

Sauf que cette fois-ci c'était différent... sans qu'il parvienne à comprendre de quoi il s'agissait.

Ça ne pouvait pas être parce qu'il lui offrait ce séjour à Courchevel où, hormis quelques heures en tenue de soirée à boire du champagne, elle n'aurait rien d'autre à faire que de se prélasser, se régaler de spécialités locales et dévaler les pentes enneigées de la station. Que du bonheur en perspective.

Était-ce parce qu'il avait refusé de se confier au sujet de son fiasco avec Caitlin ? C'est vrai qu'à la réflexion Jess était un peu bizarre depuis. Il l'observa distraitement. Elle était plus grande que la plupart des femmes qu'il connaissait, son corps dissimulé sous un pull bleu marine qui lui arrivait à mi-cuisses, au-dessus d'un jean et de baskets.

Elle avait des yeux d'un bleu très profond. Il n'y avait jamais prêté attention auparavant à cause de ses lunettes épaisses.

Curtis tenta en vain de reporter son attention sur l'écran de son ordinateur. Il n'arrivait pas à mettre la main sur ce qui le tracassait.

Personne ne connaissait l'histoire complète du désastre qu'il avait évité de justesse. En dépit de son mode de vie dissolu et de sa volonté apparente de laisser les paparazzis s'immiscer dans son intimité, Curtis contrôlait rigoureusement ce qu'on savait de lui.

Il fronça les sourcils. Le passé était un lieu dans lequel il évitait de se plonger. À quoi bon ressasser des souvenirs douloureux ? Les informations le concernant étaient rares sur Internet. Prétendre ne rien avoir à cacher était une bonne tactique pour décourager les curieux. Mais jamais il ne lui était venu à l'esprit qu'il aurait dû expliquer à Jess ce qui s'était réellement passé avec son ex. Même William ne savait rien. Officiellement, il avait été quitté par sa fiancée qui s'était lassée de lui. Cette version lui convenait parfaitement.

Il bougea sur sa chaise, gêné de cette introspection et étonné que cette femme qu'il connaissait depuis toujours ait été capable de la provoquer.

Il la contempla tandis qu'elle revenait vers lui en marchant prudemment, un café dans une main et une bouteille d'eau dans l'autre. Elle aurait pu se faire servir mais cela ne lui était même pas venu à l'esprit, et il sourit en y pensant.

Leurs regards se croisèrent et, l'espace d'une seconde, il sentit son cœur s'accélérer. Il sourit plus largement à son approche, prêt à la taquiner en lui disant qu'elle aurait pu faire signe à un serveur ou qu'elle n'aurait pas dû se priver de prendre une des pâtisseries proposées sur le buffet car il savait qu'elle avait depuis toujours un faible pour les sucreries.

C'est alors que Jess se pencha pour déposer ses boissons sur la table et que d'un mouvement souple elle se redressa pour enlever son gros pull.

Stupéfait, Curtis la fixa sans un mot.

Il était rare qu'il soit déconcerté au point de rester sans voix mais, dans ce cas précis, ce fut le cas. Parce que la silhouette exposée sous ce vêtement informe n'était… absolument pas celle à laquelle il s'attendait. Et le contraste entre la réalité et les souvenirs qu'il avait de Jess – une fille un peu trop ronde se cachant derrière ses triples foyers – était trop frappant.

À présent, elle ne portait plus de lunettes, et ses cheveux brillants tombaient en cascade brune sur ses épaules. Et ce corps…

Curtis sentit un désir brutal le gagner. Que lui arrivait-il ? Il tenta vainement de détourner le regard mais, tandis que la jeune femme se penchait pour glisser le pull-over dans son sac, il ne put qu'admirer le balancement de ses seins, la courbe arrondie de ses hanches et ses jambes étonnamment longues et minces.

Elle glissa une mèche de cheveux derrière son oreille tout en ouvrant son ordinateur. Dieu merci, elle ne faisait pas attention à lui car elle aurait été surprise de voir à quel point il la fixait sans pouvoir s'en empêcher.

Que s'était-il passé ? Depuis quand Jess s'était-elle transformée en cette sirène ultra-sexy ? Pourquoi ne l'avait-elle pas prévenu de ce qui l'attendait ? C'est vrai, il l'avait peu vue au cours des derniers mois. Cette métamorphose avait dû se faire naturellement, sans même qu'elle s'en rende compte, quand elle avait commencé à fréquenter des hommes. Comme elle était loin de ces femmes calculatrices et dominatrices. Elle était… eh bien, elle était *Jess*, tout simplement. Innocente, attachante et si naturelle.

Il l'imagina en compagnie d'un type obsédé, à la recherche d'une aventure d'un soir, et il eut une peine folle à réprimer la rage qui le gagna à cette pensée.

— J'ai un truc sur le visage ?

— Quoi ?

— Tu me fixes bizarrement.

Curtis rougit et, renfrogné, reporta son attention sur l'écran de son ordinateur.

— Désolé, j'étais à un million de kilomètres de là. Le travail…, ajouta-t-il en guise d'excuse quand il vit Jess se crisper.

— Très bien, fit-elle avec un petit rire.

Elle s'installa face à lui pour boire son café, et il fut fasciné par la vision de ses seins généreux qui tendaient l'étoffe noire de son T-shirt moulant.

Impossible de détacher ses yeux de cette femme. Et ce jean sans prétention qui la rendait pourtant si sexy en épousant parfaitement la courbe de ses jambes galbées…

— Je vais m'installer là-bas, dit-il en désignant de la tête une rangée de bureaux adossée au mur et surtout soucieux d'échapper aux yeux bleus en amande rivés sur lui. J'ai besoin de charger mon portable…

— Bien sûr, répondit Jess.

Elle garda un sourire figé tandis que Curtis s'éloignait d'elle sans un regard. Il n'aurait pu être plus clair sur le fait qu'il ne souhaitait pas s'embarrasser de sa présence.

Avait-elle commis une erreur en venant ici ? Peut-être que leur amitié ne fonctionnait que lorsqu'ils se voyaient de façon épisodique. Après tout, ils n'étaient plus des enfants, assis sur le canapé à regarder des films en mangeant du pop-corn. La vie les avait séparés.

Ils avaient été si proches, songea-t-elle en fouillant dans son sac à la recherche de son stick à lèvres. Et pourtant le fossé qui s'était creusé entre eux était devenu flagrant depuis les fiançailles avec Caitlin. À cette occasion, Jess avait compris que Curtis ne partageait plus rien d'important avec elle. Elle ne savait pas grand-chose de son passé et encore moins de ce qu'il ressentait vraiment à propos… de l'amour, du mariage, des enfants – bref de tout ce qui compte vraiment dans une vie.

Comment avait-elle pu s'éprendre de cet homme tout en sachant pertinemment que les sentiments profonds qu'elle éprouvait pour lui ne seraient jamais réciproques ?

Peut-être regrettait-il de l'avoir invitée à passer quatre jours en sa compagnie.

Elle ferait mieux de lui dire qu'il était libre d'abandonner cette idée s'il le souhaitait. Qu'importe de rater un mariage où elle ne connaissait personne !

Tout à coup, le confort de sa petite maison modeste et de son quotidien si calme lui manqua cruellement.

3.

L'hôtel qui, comme Curtis l'avait précisé, avait été réservé par son assistante était l'un de ces endroits de rêve qui ne sont accessibles qu'aux plus fortunés.

Il n'avait rien d'un *resort* classique et ressemblait à un grand chalet privé. Jess, à qui l'on avait demandé sa taille et sa pointure, savait que tout leur équipement de ski les attendait sur place.

Ils furent accueillis dans un hall aux couleurs chaleureuses et à la lumière tamisée par deux hôtesses souriantes qui n'auraient pas dépareillé sur la couverture d'un magazine de mode.

Dans cet endroit luxueux, nulle trace de familles bruyantes ou d'enfants turbulents. Jess, qui était habituée à partager son quotidien avec ses petits élèves, fut impressionnée par la solennité des lieux.

— C'est magnifique, chuchota-t-elle en direction de Curtis tandis qu'ils se tenaient devant la réceptionniste blonde qui minaudait en prenant leur réservation.

— Tu peux parler normalement, nous ne sommes pas dans une bibliothèque, répondit-il en lui adressant un sourire ravageur. Je suis ravi que ça te plaise.

Sur ces mots, il saisit les clés des chambres tout en continuant à la regarder d'un air amusé.

— C'est beaucoup plus chic que le dernier endroit où je suis allée en sortie scolaire, poursuivit-elle, toujours un peu mal à l'aise.

Troublée par ces yeux verts qui la fixaient en silence, elle détourna le regard. Le décor était somptueux. Contrairement à Curtis qui avait grandi, sinon dans le luxe, du moins dans un confort aisé, Jess avait été élevée dans une famille ayant pour devise que « chaque centime compte ». Son seul contact avec le monde des nantis, quel qu'il soit, avait été toutes ces occasions où elle avait traîné chez William pendant que sa mère faisait le ménage, ramenant de quoi compléter le salaire que son mari recevait de l'usine de verrerie où il travaillait comme contremaître.

Jamais Jess n'aurait imaginé qu'un tel endroit puisse exister.

— Tu es déjà venu ici ? demanda-t-elle, émerveillée.

— J'y séjourne chaque année, répondit Curtis. J'aime que cet endroit soit à taille humaine. L'un des avantages d'être riche, c'est que cela te permet d'avoir la paix quand c'est ce que tu souhaites.

— Je comprends alors pourquoi tu as choisi cet hôtel.

Elle reporta son attention sur Curtis tandis que les portes de l'ascenseur se refermaient sur eux dans un frottement de velours.

Soudain, Jess prit conscience de l'espace étroit dans lequel ils se trouvaient, et une vague de chaleur l'envahit tandis qu'il continuait à la fixer de son regard pénétrant.

— Nous avons des chambres séparées, mais elles sont communicantes, murmura-t-il. Tu es censée être ma cavalière, il est donc préférable de ne pas montrer que nous ne dormons pas ensemble. Comme tu peux t'en douter, les femmes qui m'accompagnent partagent généralement mon lit.

Elle l'imagina nu, et une flamme de désir la dévora tout entière. Le souffle plus court, elle cherchait désespérément quoi répondre quand les portes de l'ascenseur s'ouvrirent sur le vaste couloir qui menait vers leurs suites.

— Voilà ta clé.

Jess prit la carte magnétique et la fixa quelques instants, en tentant de recouvrer ses esprits.

— Merci, répondit-elle avant de l'insérer dans la fente prévue à cet effet.

Elle ouvrit la porte, fit un pas dans la pièce et se retourna vers Curtis, osant enfin soutenir son regard. Elle eut le sentiment qu'il était troublé, mais sans doute était-ce son imagination débordante qui lui jouait des tours. De son côté, l'incendie qui faisait rage en elle ne la laissait pas en paix. Elle n'avait qu'une hâte : prendre une douche tiède pour se calmer.

— Voilà le programme, déclara Curtis en se tenant dans l'encadrement de la porte. Ce soir, je retrouve John et son groupe d'amis pour son enterrement de vie de garçon qui sera, je l'imagine, une nuit d'ivresse et de débauche. Tu es libre de faire ce que tu veux de ton côté. Commande ce qui te fait plaisir, explore l'endroit à ta guise. Achète tout ce qui te plaira et fais mettre la note sur mon compte. Ou, sinon, tu peux rejoindre la future mariée et ses demoiselles d'honneur pour une soirée sans doute un peu plus sage. Je suis certain que Philippa n'y verra aucun inconvénient.

— C'est gentil mais non merci, répondit vivement Jess.

— Je m'en doutais un peu… Dans ce cas, je te propose qu'on se retrouve demain matin pour faire quelques pistes, avant que tout le monde soit réveillé ?

— Tu n'as pas peur d'avoir la gueule de bois ?

L'idée de skier la mettait en joie. Elle savait que Curtis était bon skieur, et elle attendait avec impatience de se mesurer à lui. En plus, elle avait jeté un œil aux sommets dans la limousine qui les menait à la station, et l'enneigement lui avait semblé optimal.

— Je sais me tenir à distance des dangers de l'alcool, déclara Curtis. Je n'ai jamais été ivre de ma vie et je ne compte pas l'être de sitôt. Ça ne te dérange pas de te débrouiller seule ce soir ?

— Tu es un saint, Curtis, dit-elle pour le taquiner. Et oui, je pense que je vais y arriver. C'est ce que je fais depuis vingt-six ans après tout.

Jess avait craint de passer la soirée à se morfondre en pensant à Curtis et à ce que ces quelques jours en sa compagnie lui réserveraient, mais finalement elle se sentit divinement bien au cours des heures qui suivirent. Depuis combien de temps n'avait-elle pas pris de congé ? Une éternité… Après la mort de son père, sa mère avait sombré dans la dépression. Jess lui avait consacré la majeure partie de son temps libre et avait mis sa vie sociale de côté pour s'assurer qu'elle aille mieux. Il n'avait plus été question de prendre des vacances depuis.

À présent, Jess était comme une enfant qui découvre, éblouie, le palais d'un conte de fées. Elle explora l'hôtel de fond en comble, s'émerveillant de ses multiples saunas souterrains et de sa piscine en forme de lagon, avec son mur d'eau en cascade et son jacuzzi. Elle lut avec gourmandise la carte de son restaurant étoilé et visita ses deux bars à cocktails. Elle jeta même un œil au spa, humant avec délices ses effluves de bois de senteur et d'eucalyptus.

Quant à sa suite, c'était le nec plus ultra en matière de luxe avec son salon chic et cosy et sa salle de bains où trônait une baignoire gigantesque dans laquelle elle se prélassa durant des heures, laissant son regard divaguer à travers les larges baies vitrées qui offraient une vue imprenable sur les sommets enneigés.

Jess commanda son dîner dans sa chambre et oublia instantanément tout le stress qui l'avait accablée au cours des derniers mois.

Quand son téléphone sonna le lendemain, elle sourit en constatant que c'était un message de Curtis qui indiquait l'attendre à la réception.

Le programme de la journée était bien rempli : petit déjeuner au lit suivi d'une journée de ski avant la noce qui devait avoir lieu le lendemain dans le chalet des parents de John. La demeure était visiblement assez vaste pour accueillir une centaine d'invités, un quatuor à cordes ainsi qu'un buffet pharaonique.

Jess n'avait été qu'à trois mariages au cours de sa vie, mais aucun d'eux n'avait été chic comme celui-là et elle se réjouissait d'assister à une cérémonie aussi sophistiquée.

Mais en attendant… Elle ressentit un frisson délicieux à l'idée de retrouver Curtis et oublia ses tergiversations de la veille au sujet de sa présence ici.

Elle n'avait fait qu'un seul achat en prévision du voyage : sa tenue de ski. C'était une dépense inconsidérée, mais après tout une telle occasion ne se représenterait peut-être jamais.

Il avait neigé durant la nuit, et Jess attendait avec impatience de prendre des virages serrés sur les pistes en se régalant de la poudreuse toute fraîche. Elle adorait cette sensation magique de flotter sur la neige.

Il était un peu plus de 9 heures quand elle se dirigea vers la réception, en tenue de ski.

Il était là, vêtu de noir, comme elle.

Soudain, Jess se sentit trop exposée dans sa combinaison moulante. Curtis l'avait-il déjà vue autrement que dans des vêtements amples ? Oui, sans doute, mais il est vrai que ces derniers mois elle avait considérablement maigri. Allait-il remarquer sa nouvelle silhouette ?

Le cœur battant, elle se dirigea vers lui.

Quand il leva les yeux de son téléphone et qu'il aperçut Jess, Curtis en eut le souffle coupé.

Comment décrire le mouvement chaloupé de ses hanches et où diable avait-elle trouvé cette tenue qui moulait parfaitement les courbes de son corps de rêve ? En une seconde, son penchant pour les petites blondes fut éclipsé par la vision qui s'offrait à lui et qui lui envoya une décharge électrique à travers le corps.

Il sentit son sexe durcir dans son pantalon à une vitesse

vertigineuse. Dans le jeu de la séduction, c'était toujours lui qui était aux commandes. Cette fois, son corps menait la danse, et cela le rendit furieux.

Que lui arrivait-il ? Cette femme était sa plus proche amie. Sa seule amie ! Il n'avait jamais souscrit à l'homélie selon laquelle un homme ne peut être intime avec une femme sans que la question du sexe s'interpose. Il avait bien trop de maîtrise de soi pour laisser ce genre de réaction aveugle prendre le dessus.

Pourtant, impossible de détacher ses yeux de cette apparition. Sa combinaison noire zippée de la taille au cou soulignait les seins les plus parfaits qu'il eut jamais vus. Et ses longues jambes moulées dans un fuseau qui se terminaient par une paire de bottes blanches ravissantes étaient tout simplement envoûtantes.

Comme lui, Jess avait relevé ses lunettes sur son front.

— Prête ? parvint-il à articuler en se détournant légèrement d'elle pour éviter qu'elle ne remarque son érection malgré son épais pantalon de ski.

— J'ai tellement hâte ! s'exclama-t-elle, ravie, avant de passer son bras autour du sien. Raconte-moi ta soirée, enchaîna-t-elle en voyant qu'il restait silencieux. J'ai failli t'envoyer un texto pour vérifier que tu étais toujours vivant…

— Comme je te l'ai dit, je ne fais jamais d'excès en matière d'alcool, répondit Curtis sans la regarder.

Le contact du bras de la jeune femme ne faisait qu'ajouter à son trouble. Vite, il devait trouver un sujet pour se changer les idées.

— Voilà le programme, annonça-t-il : Nous faisons un peu de ski puis nous déjeunons rapidement. Cet après-midi, j'ai du travail, donc tu es libre de faire ce qui te chante. À 18 heures, nous sommes attendus au chalet des parents de John pour un cocktail. Ce sera informel. Pas besoin de te mettre en robe de soirée.

Soudain, Curtis regretta les vêtements amples que Jess

avait l'habitude de porter autrefois. Ils auraient eu l'avantage de dissimuler cette silhouette qui le rendait fou.

— Tu as perdu du poids, ne put-il s'empêcher d'ajouter en jetant un regard furtif dans sa direction.

— Un peu…

— J'espère que tu n'es pas devenue une de ces dingues qui ne jurent que par le vegan…

— Loin de là, rassure-toi, répondit Jess en retirant son bras délicatement.

Elle avait décelé une note agressive dans la voix de Curtis qui la mettait mal à l'aise. Que croyait-il ? Qu'elle aurait préféré rester cette fille ronde d'un mètre soixante-quinze qui se cachait derrière ses lunettes et sa coiffure informe ?

La jeune femme balaya ces pensées désagréables. Elle se sentait belle aujourd'hui et trouvait que sa tenue lui allait bien. Qu'importe si Curtis pensait le contraire comme son ton semblait l'indiquer.

Il y avait déjà du monde sur les pistes, mais le domaine était si vaste qu'une fois leurs skis chaussés ils n'eurent pas à attendre plus de quelques minutes avant d'accéder aux remontées mécaniques.

Jess était dans son élément sur les pistes. Une opportunité telle que celle-ci ne se représenterait jamais, alors hors de question de laisser Curtis Hamilton la gâcher parce qu'il pensait qu'elle n'avait pas le droit de changer.

Au fond, il n'y avait qu'un seul moyen de remédier à cela : faire comme s'il n'existait pas, et c'est exactement ce qui arriva au cours des trois heures qui suivirent.

Jess se lança à l'assaut des pentes enneigées et, grisée par la vitesse, elle se perdit dans le plaisir de sentir l'air frais contre son visage.

Curtis tenta à plusieurs reprises de la dépasser, et elle apprécia ce défi, consciente qu'ils savouraient le même frisson. Quel répit après l'enchevêtrement d'émotions qui l'avait tourmentée ces derniers jours !

Jess refusa même de se joindre à lui pour le déjeuner afin de prolonger ce moment. Elle proposa donc à Curtis de la retrouver dans le hall de l'hôtel, à temps pour leur soirée.

— Et ne t'inquiète pas, ajouta-t-elle, j'ai bien compris que le dress code était informel. Je sais déjà ce que je vais mettre.

C'était totalement faux, mais la station regorgeait de magasins de mode et elle avait prévu de s'offrir une tenue qui lui plairait. Curtis préférait qu'elle reste telle qu'il l'avait toujours connue ? Eh bien, elle allait lui prouver une fois pour toutes qu'elle n'était plus cette fille banale qui ne sortait pas de sa zone de confort.

— Pas besoin d'en faire trop, répondit-il en souriant maladroitement. Cela dit, les parents de John seront là et il n'y a pas plus vieux jeu qu'eux.

— Qu'essayes-tu de me faire comprendre ?

— Rien de particulier, répliqua Curtis en se passant la main dans les cheveux avant de détourner le regard. Si tu es sûre de ne pas vouloir déjeuner avec moi, on se retrouve à 18 heures précises. Un chauffeur nous attendra.

Portée par un sentiment de rébellion tout à fait nouveau chez elle, Jess entra dans des boutiques dans lesquelles elle ne se serait pas aventurée quelques mois auparavant, à l'époque où l'objectif principal de ses vêtements était de la camoufler.

Jamais elle ne pourrait rivaliser avec les beautés délicates que Curtis affectionnait, mais elle était fière de ses formes à présent et n'avait plus aucune intention de les cacher sous des tenues informes. Qu'avait-il voulu dire en évoquant son poids ? Qu'elle n'était toujours pas assez mince selon lui pour porter des vêtements moulants ? Dans ce cas, effectivement, il avait dû être choqué en l'apercevant dans sa combinaison de ski !

Sous son apparente vie dissolue, Curtis était plutôt puritain, du moins en ce qui la concernait !

C'est fou à quel point la plupart des gens entrent dans des cases et n'en sortent parfois qu'au prix de grandes difficultés, se dit-elle en se lançant sans compter dans son après-midi shopping.

En ce qui la concernait, qu'arriverait-il si tout à coup elle n'était plus la copine sans surprise de toujours ? Quelle place prendrait-elle alors dans la vie de Curtis ?

Peut-être encore celle d'une amie mais qui serait prête à parler ouvertement de sa vie amoureuse parce qu'elle se serait débarrassée de l'emprise qu'il aurait eue sur elle.

En tout cas, tout serait préférable aux limbes dans lesquelles elle avait le sentiment de surnager depuis trop longtemps.

Le seul manteau que possédait Jess était une doudoune noire qui lui arrivait à mi-cuisses. Pas très chic mais idéale pour les températures glaciales de la station. Elle s'offrit une paire de bottes plates ainsi qu'une robe à manches longues en laine bleue dont le col élégamment évasé réussissait à exposer juste ce qu'il fallait d'épaules. Cette tenue était moulante, tout comme sa combinaison de ski, mais elle lui allait bien, alors Jess s'était laissé tenter.

Lorsqu'ils sortirent de l'hôtel pour monter dans la limousine qui les attendait, elle prit quelques instants pour respirer la pureté de l'air hivernal et apprécier le froid sec sur ses joues.

— C'est magnifique, n'est-ce pas ? murmura Curtis tandis qu'ils contemplaient tous deux les monts enneigés et les vallées d'un blanc pur que reflétait le clair de lune. J'espère que tu ne regrettes pas d'être venue.

— C'était une journée de ski géniale, répondit-elle avant de se glisser à l'arrière de la voiture.

Il prit place à côté d'elle et, troublée par le silence qui créait une intimité artificielle dans l'habitacle, Jess se lança dans une conversation frénétique en enchaînant les questions. Comment était le lieu dans lequel se déroulerait la cérémonie ?

Y était-il déjà allé ? Combien de personnes connaîtrait-il sur place ? Avait-il réussi à travailler cet après-midi ? Avait-on des nouvelles de ce cher William...

La présence de Curtis tout près d'elle la brûlait comme une flamme, et Jess soupira de soulagement en voyant que la limousine ralentissait aux abords d'un grand chalet. Encore une minute et elle serait vraiment passée pour une hystérique.

La demeure était grandiose. Éclairée de spots lumineux, elle était construite sur cinq niveaux directement à flanc de montagne, et chaque étage se prolongeait par une immense terrasse couverte. Une douzaine de voitures de luxe étaient garées dans la cour et, un peu à l'écart de la maison, Jess aperçut un héliport qui servirait sans doute pour un certain nombre d'invités.

— Je m'étais toujours demandé comment vivaient les ultra-privilégiés, murmura-t-elle, suffisamment distraite pour ne pas remarquer l'étincelle de chaleur qui brilla dans les yeux de Curtis quand il la regarda.

— C'est impressionnant, reconnut-il. Mais le chalet s'autofinance en étant loué durant la majeure partie de la saison de ski et presque tout l'été. D'ailleurs, il faut reconnaître que c'est très beau ici sans la neige.

— J'imagine que peu de gens peuvent se permettre d'entretenir un tel endroit, répondit Jess tandis que leur voiture faisait halte devant l'entrée.

— J'avoue en faire partie, et c'est un plaisir de te le faire découvrir, souffla Curtis contre sa joue.

Elle se recula par réflexe et lui lança un regard étonné.

— Je ne me souviens plus de ce que nous avions convenu, enchaîna-t-elle pour chasser la tension qui planait entre eux. Nous ne sommes pas censés être en couple, n'est-ce pas ?

Le chauffeur se précipita pour ouvrir la porte à Jess, soucieux qu'elle ne le fasse pas elle-même comme cela avait été le cas en partant. Elle sortit de la voiture, soulagée d'échapper au magnétisme envoûtant de Curtis.

— Les gens vont sûrement penser que nous sommes ensemble, dit-il en haussant les épaules. Quand j'ai annoncé hier soir aux copains que j'étais venu avec toi, ils ont tiré leurs propres conclusions. On va nous voir ensemble et…

— Et toutes tes prétendantes garderont leurs distances. C'est le but, non ?

— Je ne tiens pas à ce qu'on s'imagine que je suis un cœur à prendre, admit-il.

Jess lui jeta un regard pensif.

— Toutes les célibataires qui vont à un mariage ne pensent pas que le témoin est disponible sous prétexte qu'il vient seul, déclara-t-elle. En plus, je suis sûre que tu es très doué pour repousser une femme qui ne t'intéresse pas…

— Peut-être mais, sur une période de quatre jours, ça peut devenir plus compliqué… Disons que je préfère éviter de me retrouver dans cette situation.

— Eh bien, tant que nous n'avons pas à faire semblant d'être amoureux…

— Oh ! nous n'aurons rien à prétendre, répliqua-t-il. Personne ne doutera de notre intimité. C'est l'avantage d'être amis depuis plus de dix ans. Nous sommes naturellement détendus ensemble.

Jess ne put réprimer un frisson car, en cet instant, elle n'était pas du tout détendue en sa compagnie. Ils avaient toujours été complices et cela se verrait forcément, même s'il n'était pas très enclin aux effusions.

Un serveur en livrée leur ouvrit la porte, et ils entrèrent dans le vaste hall avant de décliner leurs noms qui furent cochés sur la liste des invités.

Les rires et les conversations animées des convives leur parvenaient au loin.

— Puis-je vous débarrasser ?

Tandis qu'elle ôtait distraitement son manteau pour le confier à un autre employé surgi de nulle part, Jess fut soudain prise d'angoisse. Elle ne connaissait absolument personne, et Curtis ne manquerait pas de l'abandonner pour aller retrouver de vieux amis.

Mais après tout, ne serait-ce pas l'occasion de se sociabiliser un peu ? Cela faisait si longtemps qu'elle ne s'était pas adonnée à cet exercice…

De son côté aussi, Curtis se préparait à une soirée de mondanités, même si les bavardages finissaient toujours par l'ennuyer à mourir. Il était content que Jess l'ait interrogé sur la mascarade à venir. La fiancée de John était mannequin, et il y aurait sans doute beaucoup de femmes dans son genre qui ne manqueraient pas de papillonner autour de lui, ce qui l'épuisait à l'avance. Dieu merci, le fait qu'il soit accompagné calmerait leurs ardeurs !

Il avait bien fait de rappeler son rôle à Jess et de souligner la solide amitié qui les liait. Surtout vu la façon dont son esprit s'était égaré un peu plus tôt…

Une fois débarrassé de son manteau, il se tourna vers elle et resta figé.

Les vertus de l'amitié qu'il venait de célébrer mentalement s'évanouirent en un clin d'œil, et son corps réagit aussi vite que lorsqu'il l'avait aperçue en combinaison de ski le matin même. Et encore, ce n'était rien en comparaison de ce qu'elle portait à présent. Son imagination s'envola, et une foule d'images scandaleuses envahirent son esprit : ses mains plongeant dans le décolleté de sa robe jusqu'à trouver les seins lourds de la jeune femme, la forme de ses tétons, le goût qu'ils auraient sous sa langue…

Serrant les mâchoires, Curtis fit un pas en avant pour inviter Jess à le suivre en direction de la fête.

— Tu as… fait un effort supplémentaire avec cette robe, murmura-t-il d'un ton étouffé.

— Elle te plaît ?

— C'est… inattendu. Je ne crois pas t'avoir déjà vue dans une tenue pareille.

Jess soupira en entendant sa remarque.

— Vive le changement ! s'exclama-t-elle en lui jetant un regard en biais.

Sous son manteau, Curtis portait un pantalon noir et un pull en cachemire gris sur une chemise blanche qui lui donnaient une apparence à la fois décontractée et élégante.

— Ah…, répondit-il évasivement.

Comme il ne poursuivait pas, elle le regarda d'un air perplexe, prête à défendre son choix vestimentaire et son droit de porter ce que bon lui semblait.

— Qu'y a-t-il ? insista-t-elle en haussant les sourcils.

— Rien du tout, déclara Curtis en la prenant par le bras. Ne sois pas nerveuse. Je sais que tu ne raffoles pas de ce genre d'événements.

— Je n'aimais pas ça avant, admit Jess d'un air détaché. Mais c'était il y a longtemps. J'ai beaucoup plus confiance en moi depuis que je suis enseignante. Quand on doit faire régner l'ordre dans une classe d'enfants turbulents, on ne peut pas se permettre d'être trop timide.

— Sans doute, marmonna-t-il.

Ils s'arrêtèrent devant le vaste espace bordé de deux larges cheminées et savamment séparé en petites pièces ouvertes, grâce à des cloisons et des installations florales somptueuses. Les baies vitrées offraient une vue époustouflante sur la vallée enneigée. Des serveurs circulaient ici et là au milieu de la foule, chargés de plateaux garnis de boissons et de mets appétissants.

— Je ne pensais pas qu'il y aurait autant de monde, balbutia Jess, impressionnée.

— Mon non plus, avoua Curtis. Ne t'inquiète pas, nous ne resterons pas longtemps.

— Je ne m'inquiète pas, répliqua-t-elle, agacée.

Soudain, Curtis se figea, et elle suivit son regard jusqu'à une silhouette légère qui saisissait une coupe de champagne.

— Bon sang ! jura-t-il. Tu ne vas pas le croire mais Caitlin est ici…

4.

Horrifiée, Jess mit quelques secondes à intégrer la nouvelle même si elle en voyait la preuve sous la forme d'une poupée Barbie, moulée dans une robe rouge ultra-courte et perchée sur des talons vertigineux.

Elle poussa Curtis contre un mur à l'abri des regards.

— Tu savais que ton ex serait là ?

Elle avait rencontré Caitlin à deux reprises quand Curtis l'avait emmenée chez son parrain. À l'époque, Jess était ronde et mal dans sa peau. Elle avait eu l'impression d'être une géante face à cette petite blonde délicate. Et le fait que Curtis la présente comme *sa meilleure amie sans laquelle il ne serait rien* n'avait pas arrangé les choses. Elle s'était sentie à mi-chemin entre la psy de service et la vieille copine célibataire.

— Je n'en avais pas la moindre idée.

— Donc tu ne m'as pas invitée pour éviter qu'elle ne te mette mal à l'aise ?

— Je me doutais bien que nous croiserions quelques ex, avoua Curtis à contrecœur. Mais pas une seconde je n'aurais imaginé que Caitlin serait ici.

Soudain, tout se mit en place dans l'esprit de Jess. Curtis avait voulu qu'elle l'accompagne pour tenir à distance les prédatrices potentielles mais, en réalité, il avait surtout souhaité se prémunir contre des rencontres inopportunes avec ses anciennes conquêtes. Il se targuait d'être toujours d'une honnêteté sans faille avec ses petites amies, notamment sur le fait qu'il ne souhaitait pas s'engager. Cela voulait-il dire pour autant que ces dernières étaient d'accord et qu'ils restaient en bons termes ?

Rien n'était moins sûr.

— On ne peut pas se cacher ici plus longtemps, sinon les autres vont s'inquiéter, reprit Curtis. Philippa nous a vus arriver.

— Je n'avais pas signé pour ça, gémit Jess.

— Moi non plus, répliqua-t-il d'une voix sombre. Mais nous sommes là et nous n'avons plus le choix.

Sur ces mots, il plongea son regard vert dans le sien, et Jess soupira. Curtis avait raison. Même si elle en rêvait, impossible de s'esquiver pour sauter dans un taxi en direction de l'hôtel.

Elle devait à tout prix se ressaisir. Elle n'était plus cette fille mal à l'aise qui préférait se fondre dans le décor et laisser la vedette aux autres. Cette adolescente disgracieuse et maladroite qui tremblait devant les petites beautés blondes que Curtis lui présentait.

Jess se rappela qu'elle avait vingt-six ans et un métier digne de ce nom. Après tout, elle se fichait bien que Caitlin soit là. Mais ce week-end si prometteur s'annonçait à présent interminable…

Jess sentit néanmoins son cœur s'emballer quand Curtis l'invita à le suivre dans la salle bondée de monde. La peur et l'envie de fuir n'étaient pas loin.

Elle prit une grande inspiration et entra dans la pièce. L'ambiance sonore était bruyante et enjouée. La première chose qui frappa Jess fut de constater que tout le monde était beau. Jamais elle n'avait vu autant de gravures de mode réunies en un même lieu.

Pourtant, en jetant un œil à Curtis, elle fut surprise de lire un certain cynisme blasé sur son visage. Il se tourna vers elle et lui adressa un sourire encourageant.

— Respire profondément. Tout sera fini dans quelques heures…

Comment allait-il se sentir en revoyant son ex-fiancée ?

Était-il aussi détaché émotionnellement qu'il semblait l'être ? Forcément, ce serait un choc pour lui d'être confronté à la seule femme au monde qui l'avait quitté. Une femme à laquelle il tenait suffisamment pour l'avoir demandée en mariage. À cette pensée, Jess eut un pincement de jalousie. Jamais elle ne supporterait de les voir discuter ensemble.

— Ça ne me dérange pas du tout de partir avant toi si tu t'amuses, murmura-t-elle en priant pour qu'il accepte sa proposition.

— Hors de question, répliqua Curtis.

Ils se frayèrent un chemin à travers la foule, et Jess sentit les regards se poser sur eux tandis qu'ils avançaient en direction de leurs hôtes, John et Philippa. Résistant à la tentation de baisser sa robe sur ses genoux et de remonter son décolleté, elle saisit à la première occasion une coupe de champagne pour se donner du courage.

Elle fut présentée au marié ainsi qu'à sa future épouse et à ses parents et, très vite, elle se mit à bavarder gaiement en sirotant du champagne, ravie d'évoquer les journées de ski à venir. Mais tout en passant un moment agréable, Jess gardait un œil sur Caitlin, consciente que le danger n'était pas loin.

Elle s'attendait à ce que Curtis l'abandonne pour aller rejoindre des amis qu'il n'avait pas dû voir depuis longtemps, mais à sa grande surprise il resta à ses côtés la plupart du temps.

Il n'y avait pas de dîner formel ; aussi, tout le monde se régala des délicieux amuse-gueules qui étaient proposés par une armada de serveurs en livrée. Aucun verre de champagne ne restait vide plus de cinq secondes.

Alors que Jess, qui discutait joyeusement au milieu d'un petit groupe de convives, avait quasiment oublié l'existence de Caitlin, elle entendit soudain une voix aiguë résonner derrière elle. Curtis se retourna d'un seul coup et, quand elle fit de même, elle se retrouva nez à nez avec la petite blonde.

Une coupe à la main, celle-ci semblait pompette et titubait légèrement sur ses stilettos. Malgré cela, elle était ravissante avec ses lèvres pulpeuses, ses immenses yeux bleus et ses cheveux blonds qui tombaient en cascade jusqu'à sa taille... sans compter son teint doré qui évoquait de coûteuses vacances dans les tropiques, au plein cœur de l'hiver.

— Curtis ! lança Caitlin en faisant apparaître une fossette sur son adorable visage. Je me demandais si je te verrais ici. Comme c'est gentil d'avoir amené ta copine du village, ajouta-t-elle en levant les yeux vers Jess.

Cette blonde venait-elle vraiment de la réduire à l'idiote de service ?

— Bonjour, Caitlin, dit Jess en lui souriant poliment. Comment vas-tu ?

— Tu as l'air différente.

— Vraiment ?

— Cela ne te dérange pas que Curtis et moi ayons une petite conversation en privé ?

— Si, cela la dérange, répondit Curtis avec un sourire en glissant un bras autour de la taille de Jess.

Celle-ci, stupéfaite, eut le temps de noter la réaction furieuse de Caitlin, dont les yeux s'étrécirent.

— Je ne savais pas que vous étiez ensemble. Tu la gardais sous ton chapeau celle-là, n'est-ce pas ? fit-elle avec un petit rire méchant.

— Certains aspects de ma vie privée sont destinés à le rester, répliqua Curtis. Caitlin, ça m'a fait plaisir de te voir. Tu as l'air en forme. Maintenant, si tu veux bien nous excuser...

— S'il te plaît. J'ai vraiment besoin de te parler un instant...

Jess sentit le bras de Curtis se raidir contre elle. Quelque chose dans la scène qui se déroulait sous ses yeux ne collait pas avec la version officielle selon laquelle Caitlin avait rompu leur engagement, mais elle décida que ce n'étaient *pas* ses affaires. *En revanche*, cette main serrée autour de sa taille la brûlait comme une flamme, même si elle savait parfaitement que Curtis n'avait eu ce geste que pour contrarier son ex.

— Je vais dire au revoir aux parents de John, lui murmura-t-elle en se dégageant de son emprise envoûtante.

Ils venaient juste de leur parler, mais tout le monde s'était éclipsé à l'arrivée de Caitlin, s'attendant sans doute à une scène. Pourtant, leur échange n'avait rien eu d'embarrassant. Curtis avait l'air un peu frustré, mais il était étrangement calme pour un homme censé s'être fait quitter à grand bruit, moins d'un an auparavant.

Jess s'éloigna d'eux, un sourire aux lèvres, et alla retrouver le couple de personnes âgées avec qui elle entama une conversation légère et chaleureuse.

Si quelqu'un trouva étrange qu'elle ait laissé Curtis en tête à tête avec Caitlin, personne ne lui en fit la remarque. Après tout, n'était-ce pas exactement ce dont Jess avait besoin pour se guérir de son stupide engouement pour cet homme ? Le voir dans son habitat naturel, poursuivi par son ex et entouré par les blondes explosives qu'il avait l'habitude de fréquenter ?

Car il y en avait sans doute d'autres parmi cette foule de femmes magnifiques qui l'entourait. Dans cet univers, Curtis évoluait avec l'aisance et l'assurance d'un prince. Il était l'un d'eux, à l'aise dans des propriétés de plusieurs millions de dollars, équipées d'héliports et de coffres-forts.

Et même s'il était un milliardaire autodidacte qui n'était pas né fortuné comme la plupart des autres, il était si sûr de lui, si craint et respecté que personne n'oserait remettre en question sa légitimité dans ce monde de nantis.

Curtis et elle étaient amis parce qu'ils se connaissaient depuis l'enfance, mais Jess était consciente de la réalité : elle n'était qu'une modeste enseignante qui vivait à mille lieues de cette société clinquante.

Tout en discutant avec les convives, Jess ne pouvait s'empêcher de jeter des coups d'œil furtifs en direction de Curtis. De quoi Caitlin et lui pouvaient-ils bien parler ? Il n'avait pas l'air particulièrement mal à l'aise. Était-il sur le point de faire table rase du passé en proposant à son ex de donner une seconde chance à leur couple ?

Le fait d'être venue ici permettait à Jess de prendre du recul dans la mesure où elle comprenait que son monde était trop éloigné de celui de Curtis pour qu'une histoire entre eux soit possible. Mais en même temps, cela attisait sa curiosité comme jamais. Soudain, mille hypothèses affluèrent dans son esprit pour expliquer les raisons secrètes de sa séparation d'avec Caitlin.

— Pardon ? demanda-t-elle en revenant brutalement à la réalité.

Quelqu'un venait de lui poser une question sur le programme scolaire de cette année. Prenant soin de se tourner pour éloigner Curtis et Caitlin de son champ de vision, Jess se lança dans une comparaison endiablée entre l'enseignement privé et public. Au bout de vingt minutes, elle sursauta en sentant des mains chaudes se poser sur ses épaules.

— Il est temps de rentrer, murmura Curtis à son oreille.

Quel ne fut pas son désarroi de constater que non seulement il la prenait à nouveau par la taille mais qu'en plus il se penchait dans son cou pour l'effleurer d'un baiser qui faillit lui faire perdre la raison. Puis il laissa reposer sa main sur sa nuque. Jess eut le sentiment que les sons autour d'elle étaient soudain étouffés par le fracas de son cœur qui battait à tout rompre dans sa poitrine.

Que diable se passait-il ?

Cela ne faisait pas partie du scénario qu'elle avait imaginé ! Curtis était-il en train de jouer avec elle ? Il devait sûrement essayer de rendre son ex-petite amie jalouse.

Jess sentit ses jambes vaciller. Sa peau frissonnait au contact de la main de Curtis qui lui caressait distraitement les cheveux. Elle aurait dû se mettre en colère, mais tous ses sens étaient mobilisés par le magnétisme de cet homme.

Elle respira calmement pour tenter de se calmer, son corps entier frémissant d'un désir interdit.

Si seulement elle pouvait remonter le temps, Jess aurait su déterminer à quel moment elle avait pris conscience que ce qu'elle ressentait pour Curtis s'était transformé en sentiment amoureux. Ce moment où l'adolescence, riche de toutes les complexités qui lui sont propres, avait remplacé l'innocence enfantine. Quand les filles et les garçons commencent à changer physiquement et mentalement. Jess se souvint que toutes ses copines, qui étaient plus minces et petites, avaient aimé cette transition. De son côté, elle était devenue plantureuse et avait deviné que le regard des garçons se portait à présent uniquement sur ses seins qu'aucun uniforme scolaire ne parvenait complètement à dissimuler. Avec le temps, elle était devenue experte en camouflage. À la mort de son père, elle s'était réfugiée dans la nourriture et avait pris encore plus de poids, se cachant encore et toujours sous des tenues amples et informes.

Et malgré cela, tout au long de sa vie, Curtis avait été là pour elle, depuis le moment où elle l'avait rencontré enfant chez son parrain jusqu'à l'adolescence avec tous ces défis dont elle ne lui avait jamais parlé car elle était trop heureuse de profiter de sa compagnie.

Au fond, n'était-ce pas normal qu'elle ait développé des sentiments pour lui au fil des ans ? Qu'entre ses propres insécurités et ce béguin enfantin il n'y ait pas eu de place pour quelqu'un d'autre ?

Jusqu'à ce que récemment la situation permette à Jess d'évoluer. Quand les fiançailles de Curtis avaient provoqué un électrochoc suffisamment violent pour qu'elle se reprenne en main. Qu'elle comprenne qu'elle était en train de gâcher son existence pour quelqu'un qui ne la regarderait jamais. Alors, elle avait changé son style de vie et commencé à fréquenter des garçons. En quelques mois, elle avait repris confiance en elle.

Malheureusement, son manque d'expérience en matière d'homme, ne lui servait pas à grand-choses et elle ne pouvait s'empêcher d'être troublée en regardant la jolie blonde qui avait volé le cœur de son ami d'enfance.

Alors comment réagir face à cette main qui la caressait ? Au fond, elle savait que Curtis aimait qu'elle lui tienne tête et qu'elle ne fasse pas de courbettes pour tenter de lui plaire. Il appréciait son franc-parler et sa spontanéité. Que ferait-il s'il se rendait compte que ce mince vernis cachait en réalité une timidité maladive et un désir aussi fou qu'interdit ?

Jess revint soudain à la réalité. Il était temps de dire au revoir aux hôtes qui les avaient si chaleureusement accueillis. Pourtant, son esprit tourbillonnait car elle sentait que le statu quo qui avait toujours été de rigueur dans sa relation avec Curtis était sur le point de voler en éclats.

Elle parcourut la salle du regard. Il n'y avait plus grand monde et, en tout cas, plus trace de Caitlin.

Ils allèrent récupérer leurs manteaux, et elle veilla à garder une distance prudente avec Curtis. Ce n'est qu'une fois qu'ils furent installés sur la banquette arrière de la limousine qu'elle se tourna vers lui avec une impatience non dissimulée.

— Tu veux bien m'expliquer ce qui vient de se passer ?

— Tu as trouvé ça déconcertant ?

Il plaisantait, forcément. Jess faillit éclater de rire. Jamais de sa vie elle n'avait été plus *déconcertée* que ce soir.

— C'est le moins qu'on puisse dire, Curtis ! s'exclama-t-elle. Je croyais que nous n'avions pas besoin de faire semblant d'être en couple…

— Ce n'est pas exactement ce que nous avions dit…

— Comment ça ?

— Nous avions décidé de rester naturels, de laisser les autres penser ce qu'ils voudraient dans la mesure où il serait évident que nous sommes proches l'un de l'autre, sans avoir besoin de définir la nature de notre relation.

— En tout cas, tu n'as pas répondu à ma question, éluda-t-elle. À quoi étaient dus ces gestes d'affection tout à fait inhabituels ?

Sans même y réfléchir, elle se frotta la nuque comme pour effacer les traces de sa caresse.

En la voyant faire, Curtis s'écarta légèrement de la jeune femme. Pour la première fois depuis qu'ils se connaissaient, il l'avait touchée d'une manière qui n'était pas complètement platonique.

À la réflexion, il y avait eu aussi une autre occasion, il y a bien longtemps, qui l'avait troublé plus qu'il ne voulait l'admettre. Leur baiser sous le gui. Curtis avait dû garder ce souvenir enfoui dans son esprit car à présent il resurgissait avec une intensité peu commune et il comprit que ce soir-là quelque chose avait changé dans leur relation. Du moins en ce qui le concernait.

Visiblement, ce n'était pas le cas de Jess, que le souvenir de sa main sur son cou semblait exaspérer.

Pourtant, Curtis avait apprécié être à ses côtés durant la fête. Il n'avait même pas ressenti le besoin de la quitter, tant sa conversation était rafraîchissante.

Et les rares fois où il s'était éloigné pour retrouver de vieux amis qu'il n'avait pas vus depuis longtemps, il s'était surpris à la rechercher parmi la foule des convives. Jess ne semblait pas s'apercevoir de l'attention qu'elle recevait. Lui, si. Il avait surpris le regard insistant de plus d'un homme, fasciné par les courbes généreuses de la jeune femme. Aucun n'avait eu l'audace d'aller la voir car de toute évidence elle était avec Curtis, mais leurs yeux parlaient pour eux.

Et quand il l'avait touchée… Il avait eu cette même réaction instinctive qu'à l'aéroport, à l'instant où elle avait enlevé son pull informe pour révéler un corps qui l'avait abasourdi jusqu'à la confusion la plus totale.

— Caitlin semblait douter que notre relation soit passée de celle de bons amis à amants et…

Il se passa nerveusement la main dans les cheveux.

— Et ?

— Il vaut mieux que nous en parlions demain matin.

— Pourquoi ? interrogea Jess nerveusement.

— C'est compliqué…

— Ce qu'elle pense de toi et de ta vie amoureuse compte à ce point pour toi ? demanda-t-elle d'un ton sec.

Il réfléchit quelques instants.

— Oui, répondit-il à voix basse.

Ce n'était qu'un mot, mais pour Jess il eut l'effet d'un coup de poignard car il lui offrait la preuve indiscutable que Curtis était toujours amoureux de Caitlin.

Elle savait qu'en général Curtis Hamilton n'avait que faire de ce que les autres pensaient de lui. Ils avaient le droit d'avoir leur opinion, mais en aucun cas cela n'influait sur son comportement.

Le fait qu'il vienne de révéler le contraire au sujet de son ex était donc inhabituel.

— Eh bien, dans ce cas, Curtis, je ne souhaite pas que nous jouions à faire semblant d'être en couple si cela implique que tu me touches.

Elle se frotta à nouveau la nuque en lui lançant un regard hostile. Ce contact avait eu un effet dévastateur, mettant tous ses sens en alerte alors qu'elle cherchait précisément à se libérer de l'emprise de cet homme.

— Je te prie de m'excuser de t'avoir mise… mal à l'aise, Jess, murmura-t-il en se raidissant.

— Ce n'est pas cela, répondit la jeune femme en faisant de son mieux pour ne pas paraître blessée. C'est juste que j'ai compris que Caitlin comptait encore beaucoup pour toi, mais ce n'est pas une raison pour… Qu'essayais-tu de faire en agissant de la sorte ? De la rendre jalouse ?

N'était-ce pas l'explication la plus probable ?

— Loin de là…

— Je ne veux pas m'interposer entre vous deux.

Jess lutta de toutes ses forces contre le venin de la jalousie qui s'insinuait en elle malgré ses efforts.

Elle remarqua à peine le paysage qui défilait lentement sous leurs yeux tandis que la voiture les ramenait vers leur hôtel, aussi fut-elle surprise lorsque celle-ci s'arrêta.

Dehors l'air était glacé, et tous deux se hâtèrent d'entrer pour retrouver l'atmosphère chaleureuse du *resort*. Jess fit une pause avant de se tourner vers Curtis.

— Il est tard, nous en discuterons après une bonne nuit de sommeil, fit-il avant qu'elle n'ait eu le temps de dire un mot.

Elle lui jeta un regard de travers, et il lui adressa un sourire fatigué.

— Tu as un visage très expressif, Jess, et je n'y lis que du doute. Tu penses que je vais tenter de fuir cette conversation demain, n'est-ce pas ?

— Peux-tu m'en vouloir ? s'exclama la jeune femme en espérant que ses pensées n'étaient pas aussi lisibles qu'il semblait l'affirmer. Je sais que tu n'aimes pas parler de ton intimité, mais c'est toi qui as exigé que je vienne, et je pense avoir le droit de savoir ce qui se passe.

— *Exigé* ? Pas étonnant que tu t'entendes si bien avec mon parrain…

Les portes de l'ascenseur se refermèrent sur eux et, quand Curtis se tourna à nouveau vers elle, son visage affichait un air grave.

— N'aie crainte. Nous mettrons ça au clair demain. Même si tu as raison quand tu affirmes que je ne suis pas le genre de type à m'épancher sur ma vie intime, ajouta-t-il en souriant.

Une fois dans le couloir, Jess récupéra la clé de sa porte dans sa pochette. Elle sentait la présence de Curtis à côté d'elle et savait qu'il l'observait, adossé au mur.

— Retrouve-moi pour le petit déjeuner, murmura-t-il au moment où elle passait le seuil de la porte.

— Entendu.

— Nous parlerons avant d'aller skier.

— Je crois qu'il y a une foule d'activités prévue demain pour les invités qui s'ennuient.

— Ça ne te concerne pas puisque tu ne t'ennuies jamais avec moi.

Jess prit une grande inspiration sans pouvoir réprimer un frisson. Avait-il la moindre idée de l'effet que provoquait en elle cette simple observation ? Combien il était facile pour lui d'enflammer son imagination jusqu'à ce qu'elle vacille sur ses jambes ?

— Qu'y a-t-il au programme ? demanda-t-il.

— Des excursions, des visites. Je crois avoir entendu parler aussi d'une dégustation de vin.

— Laisse tomber, déclara Curtis. Nous prendrons le petit déjeuner avant de filer sur les pistes. Retrouvons-nous au restaurant à … 8 heures. Ou, si tu préfères, je commande un room-service. Ça nous laissera plus d'intimité pour discuter tranquillement.

— Non ! s'exclama la jeune femme en les imaginant assis face à face avec le lit en arrière-plan. Le restaurant fera très bien l'affaire. Et parfait pour 8 heures, ajouta-t-elle en souriant. Je me réjouis à l'idée de skier. Et je crois me rappeler que tu as encore du boulot pour me rattraper.

Comme elle aurait aimé retrouver leur complicité d'antan et échapper à ces yeux verts rivés sur elle…

— Vraiment ? répliqua Curtis en souriant. Je pensais t'avoir donné une bonne longueur d'avance mais, si tu *l'exiges*, je suis prêt à te laisser la première place du podium…

Consciente de glisser sur un terrain périlleux, Jess referma la porte de sa chambre en souriant et se rendit directement dans la salle de bains pour prendre une douche.

Elle laissa l'eau chaude couler sur sa peau puis, après s'être séchée avec une serviette, elle s'examina nue devant la glace, ce qu'elle ne s'autorisait que rarement.

Elle se trouva grande et belle, et se demanda ce que Curtis avait ressenti en lui caressant la nuque.

De retour dans sa chambre, elle enfila un T-shirt ample et un mini-short.

Il faisait bon dans la suite et, malgré les mille questions qui se bousculaient dans son esprit, à peine eut-elle touché l'oreiller que Jess sombra dans un profond sommeil.

Qui frappe à ma porte ? pensa-t-elle en émergeant le matin suivant. Elle était pourtant certaine d'avoir accroché le panneau « Ne pas déranger » la veille au soir.

Elle sortit du lit et se dirigea vers l'entrée de la suite, convaincue d'avoir affaire à une femme de chambre un peu trop matinale. Mais ce n'était pas le cas.

— Que fais-tu ici ? s'exclama-t-elle en découvrant Curtis sur le seuil, les yeux brillants et les cheveux décoiffés.

Il portait un pantalon de ski noir et un T-shirt technique moulant de la même couleur. Il n'avait pas pris la peine de se raser, et sa barbe naissante lui donnait un air terriblement sexy.

Jess rougit, consciente de sa semi-nudité, mais elle ne pouvait tout de même pas lui fermer la porte au nez.

— Tu as oublié notre rendez-vous ? demanda-t-il en regardant sa montre. Il est 8 h 30. J'ai préféré monter pour m'assurer que tu étais toujours en vie.

Curtis garda les yeux rivés sur la jeune femme. Elle avait les joues roses et visiblement elle sortait à peine du lit, vêtue d'un T-shirt et d'un short qui laissait entrevoir ses longues jambes. Il devinait le mouvement de ses seins libres sous la toile fine de son haut. Elle avait un petit air ébouriffé qui la rendait encore plus attirante.

Il s'efforça de se concentrer sur son visage pour que son regard ne s'égare pas vers des zones plus dangereuses.

Pourquoi était-il monté jusqu'à sa chambre ? Il ferait mieux de retourner l'attendre au restaurant. Là, au moins, il pourrait garder son sang-froid.

— Cela n'a aucune importance après tout, dit-il en reculant de quelques pas. Tu penses pouvoir me rejoindre d'ici combien de temps ?

Il avait parlé d'un ton sec sans le vouloir et il nota la façon dont elle se raidit mais, bon sang, il n'allait pas s'excuser de vouloir se sauver avant que son imagination prenne le dessus !

— Donne-moi une demi-heure, répliqua Jess d'une voix glaciale. Ça ira ou c'est trop long pour quelqu'un d'aussi occupé que toi, Curtis ?

— On se retrouve en bas.

5.

Malgré l'affluence des skieurs matinaux, le restaurant était calme et il n'y avait pas d'attente pour accéder au buffet. Celui-ci regorgeait de fruits frais, de fromages locaux, de pains chauds et de viennoiseries. Des menus plus complets étaient également disponibles sur demande.

Jess repéra Curtis avant qu'il ne la voie, et elle s'immobilisa quelques secondes, frappée par sa beauté, tandis qu'installé confortablement dans un fauteuil il fixait l'écran de son téléphone portable.

Le noir lui allait décidément bien. Elle prit une grande inspiration avant de se diriger vers sa table et sourit lorsque leurs regards se croisèrent brièvement.

— Je dois dire que cela change des petits déjeuners à l'hôtel lors de mes voyages scolaires, dit-elle en s'asseyant face à lui.

— J'imagine..., répondit Curtis sans la quitter des yeux.

Jess eut un petit rire nerveux en voyant l'expression sérieuse qu'il affichait, si éloignée de l'air taquin qu'il adoptait généralement.

Elle regrettait presque d'avoir exigé une conversation au sujet de ce qui s'était passé la veille. Leur complicité familière lui manquait. N'avait-elle pas été un point d'ancrage tout au long de sa vie ?

— Tu ne peux pas savoir le chaos que c'était, poursuivit-elle gaiement en lisant le menu tandis qu'on leur servait du café.

Quand tu as une vingtaine d'enfants qui se battent pour savoir qui arrivera le premier au bacon…

— Tu m'as interrogé au sujet de ma relation avec Caitlin…

— Cela n'a plus d'importance, répliqua Jess vivement.

— Ah bon ? Qu'est-ce qui a changé en une nuit ?

— Tant que nous n'avons pas à jouer la comédie en prétendant que nous sommes en couple, je me fiche de savoir ce qu'il y a entre vous deux.

— C'est totalement fini avec elle. Pourquoi n'irais-tu pas te servir à déjeuner et nous pourrons parler de ça quand tu seras de retour. Histoire de se débarrasser de cette histoire une bonne fois pour toutes.

— Honnêtement, Curtis, ce n'est pas grave, murmura Jess en se penchant vers lui, les coudes sur la table. Je ne vois pas où est le problème si vous n'êtes plus… ensemble.

— Pourquoi as-tu imaginé que nous l'étions encore ?

Sans lui répondre, elle se dirigea vers le buffet, prenant le temps de réfléchir à sa question et espérant qu'il l'aurait oubliée à son retour. Peine perdue. À peine fut-elle assise avec son assiette de fromage et de fruits qu'il la lui posa de nouveau.

— Je suppose que c'est lorsque je vous ai vus en train de discuter dans un coin, balbutia-t-elle en sentant à nouveau la morsure de la jalousie. Tu n'avais pas l'air d'un type qui en a fini avec une femme.

— Et de quoi a l'air un type qui en a fini avec une femme ? demanda Curtis avec une curiosité sincère.

Il attaqua son petit déjeuner avec appétit sans la quitter des yeux, et son regard perçant fixé sur elle ne fit qu'accroître son trouble.

— On aurait dit qu'elle comptait encore pour toi, murmura-t-elle, le nez dans son assiette.

Elle jouait avec sa nourriture tout en lui lançant des coups d'œil furtifs.

— Et pour être honnête, tu m'as toujours semblé être le

genre d'homme qui met clairement les choses au point quand il termine une relation.

— Tu me connais bien, admit Curtis à voix basse.

— Dans ce cas, comment se fait-il que tu sois toujours aussi attaché à Caitlin ? Et que tu te préoccupes autant de ce qu'elle pense ? ajouta Jess en espérant qu'il ne devinerait pas la jalousie qui émaillait ses propos.

— Tu voulais connaître la raison de notre rupture…

— Oh ! mais je suis au courant. C'était dans tous les journaux à potins. Elle t'a quitté parce qu'elle pensait que vous n'étiez pas faits l'un pour l'autre. Sans doute n'étais-tu pas assez amusant pour elle…

— Il est vrai que certains me trouvent ennuyeux, répliqua Curtis en souriant, mais ses yeux étaient sérieux quand il reprit la parole. En vérité, je n'en ai jamais parlé à personne.

Il repoussa son assiette et se pencha vers Jess en la fixant d'un air grave.

— Pas même à William. Cela dit, il ne m'a pas posé de questions, et je crois qu'au fond il pensait sincèrement que Caitlin n'était pas la femme de ma vie.

— Qui peut le savoir ?

— Toi, je l'espère, murmura-t-il.

Troublée, Jess rougit et détourna le regard.

— Je me suis fiancé avec Caitlin parce qu'elle m'avait annoncé qu'elle était enceinte.

Ces mots tombèrent entre eux comme des pierres sur une eau calme. Pendant une minute, Jess fut incapable de penser. Jamais elle n'avait été aussi choquée de sa vie. Cette nouvelle était bien la dernière chose à laquelle elle s'attendait.

Curtis la regarda pensivement.

— Tu sembles surprise.

— C'est le moins qu'on puisse dire !

— Je t'ai dit que Caitlin m'avait *annoncé* qu'elle était

enceinte. C'était un mensonge qu'elle avait élaboré dans l'objectif d'obtenir ce qu'elle voulait : une demande en mariage. Elle m'a même montré un test positif pour me le prouver. Je sais maintenant comment elle se l'est procuré. Elle a fait croire à une femme enceinte qu'elle connaissait qu'elle voulait faire une blague à une amie…

— Je ne comprends pas… Pourquoi diable aurait-elle fait une chose pareille, Curtis ? Ce n'est pas comme si elle pouvait simuler une grossesse pendant neuf mois.

— Elle comptait attendre que nous soyons mariés pour m'annoncer qu'elle avait fait une fausse couche. Je l'ai appris parce que la femme à qui elle avait demandé le test, une vague connaissance qu'elle avait rencontrée sur un tournage à l'étranger, a fait le rapprochement et est venue me voir.

— C'est fou…

— J'ai confronté Caitlin, et elle a tout avoué, reprit Curtis en se passant nerveusement la main dans les cheveux. Dès que j'ai appris la vérité, j'ai bien sûr annulé nos fiançailles mais…

— Mais quoi ?

— Caitlin a beaucoup de problèmes… J'ai découvert qu'elle était obsédée par moi. Je ne m'en étais pas aperçu et, alors que j'allais rompre avec elle, elle a mis au point cette histoire de grossesse.

— Et tu l'aurais vraiment *épousée* parce qu'elle était enceinte ?

— Je suis très attaché aux valeurs familiales, crois-le ou non, déclara-t-il d'un ton bourru.

— Tout de même, il y a quelque chose qui m'échappe, Curtis.

— Caitlin a une histoire… douloureuse, coupa-t-il. Elle était bouleversée quand je lui ai annoncé que c'était fini entre nous. Elle s'est sentie humiliée, imaginant à tort que je pourrais répandre l'histoire de sa fausse grossesse. Bien sûr, elle ne pouvait pas être plus éloignée de la vérité, mais le fait est que j'ai eu pitié d'elle.

— À cause de son passé ?

— Oui, fit-il en la regardant longuement. Je lui ai dit qu'elle pouvait annoncer au monde entier ce qu'elle voulait à condition qu'elle suive une thérapie que j'étais prêt à prendre en charge le temps qu'il faudrait.

Curtis avait omis quantité de détails mais, au fond, il était soulagé de s'être confié à Jess. Il avait confiance dans son empathie et dans le fait que son amie garderait le secret.

De manière générale, il évitait autant que possible de replonger dans son passé. Celui-ci était marqué par la tristesse et par des souvenirs douloureux qu'il préférait garder enfouis dans sa mémoire. À l'occasion, il lui arrivait d'en convoquer certains et d'affronter seul les ténèbres, mais jamais il ne les partageait avec d'autres.

Il avait dit à Jess que Caitlin avait eu une vie difficile, mais jamais il ne lui avouerait que c'est précisément ce qui avait maintenu des liens entre eux, même lorsqu'il avait voulu se séparer d'elle. La jeune femme avait passé la majeure partie de son enfance dans des foyers d'accueil. Elle en était sortie à l'âge de dix-huit ans, déterminée à laisser son passé misérable derrière elle.

Lui-même avait vécu dans un orphelinat pendant deux ans après la mort de sa mère et il se rappelait encore le goût de la peur, de la solitude et de l'abandon. Il avait six ans en y arrivant et avait vite compris qu'il était trop âgé pour être adopté.

Ces souvenirs sombres l'avaient façonné et avaient réduit sa capacité à faire confiance et à donner son cœur. Curtis s'était forgé une armure protectrice et ne laissait entrer dans son jardin secret personne d'autre que son parrain, l'homme qui l'avait sauvé de l'enfer.

Caitlin avait géré l'épreuve d'une tout autre manière. Ses insécurités, bien cachées sous son apparence sublime, se manifestaient par un besoin désespéré d'être aimée. Avait-elle deviné que Curtis partageait un passé équivalent au sien ? Était-ce la raison pour laquelle elle avait nourri une obsession envers lui si rapidement ? Assez pour le vouloir à elle, quel qu'en soit le prix ? Il n'en avait aucune idée car elle ignorait tout de son histoire.

Quoi qu'il en soit, ils avaient rompu, mais Curtis ne pouvait la laisser partir sans se soucier des conséquences. Il craignait que Caitlin ne commette un acte irréfléchi car il savait à quel point elle manquait d'estime pour elle-même. Il ne pouvait s'empêcher de se soucier de son bien-être, malgré sa trahison.

De temps à autre, il prenait donc de ses nouvelles et vérifiait en même temps que la jeune femme poursuivait bien sa thérapie. Mais il l'avait gentiment tenue à distance lorsqu'elle l'avait suppliée de se remettre en couple avec elle. Pourtant, tout en poursuivant sa vie librement, Curtis ne pouvait se résoudre à l'écarter entièrement.

En revanche, il n'avait pas prévu qu'elle serait là, la veille. Il ne l'avait pas vue depuis trois mois et, malgré son inquiétude initiale en l'apercevant, il avait espéré que leur rencontre ne ferait pas trop de vagues.

Caitlin n'avait tout d'abord pas cru à sa liaison avec Jess. Cela avait-il ravivé son désir de le récupérer ? Elle n'avait pas eu l'air alarmée lorsqu'il était sorti avec d'autres femmes après leur séparation. Mais quand il lui avait annoncé que c'était sérieux avec Jess, elle avait soudain semblé plus inquiète.

« Je parie que ton parrain est ravi », avait-elle lancé en le regardant attentivement. « Il ne m'aimait pas. La deuxième fois que je l'ai vu, il n'arrêtait pas de parler de ton amie d'enfance. Il doit être aux anges de vous savoir en couple. »

Curtis avait préféré ne pas tenir compte de sa remarque. Visiblement, Caitlin ne s'était pas remise autant qu'il l'avait espéré, et il devinait qu'il s'en fallait de peu pour que son obsession reprenne le dessus.

Normalement, Curtis n'aurait jamais rien révélé à Jess, mais il savait qu'il avait dû lui expliquer la raison pour laquelle il l'avait touchée durant la soirée. Un geste qui lui avait paru outrageusement tabou. Pire, il avait aimé le faire… et ce contact avait fait naître en lui des sensations nouvelles. Mais cela, il n'avait aucune intention d'en parler.

Jess tentait de deviner ce que Curtis ne lui avait pas dit. Ses révélations soulevaient davantage de questions que de réponses. Mais autant essayer de lire un livre fermé. Pas étonnant que cet homme soit aussi talentueux dans le monde des affaires. Elle avait le sentiment qu'il ne lui avait confié que des bribes de l'histoire et que la vérité lui échappait.

— Donc, si je comprends bien, dit-elle en laissant traîner chaque syllabe, Caitlin est ici. Elle t'a posé des problèmes, et tu n'es sûrement pas ravi de sa présence, mais je ne comprends pas pourquoi c'est un tel souci. Et surtout, pourquoi tu as tenu à lui faire croire que nous étions ensemble alors que cela n'a jamais fait partie de notre accord.

Retour à la case départ. Curtis fit signe au serveur pour qu'il les resserve en café. La salle du restaurant s'était vidée, et Jess se rendit compte qu'ils discutaient depuis un long moment. La perspective d'une matinée de ski semblait s'envoler de minute en minute.

— Caitlin ne croit pas à notre histoire…

— Qu'est-ce que ça peut faire ? Tu as peur qu'elle te pense à nouveau célibataire ? Et moi qui te prenais pour un grand garçon que rien n'effraye, acheva-t-elle en parvenant à sourire.

Il éclata de rire, et elle lut un éclair de chaleur dans son regard.

— J'ai mentionné le fait que Caitlin avait un passé douloureux…

— Oui, dit-elle avant de froncer les sourcils. Pourquoi est-ce si difficile d'avoir cette conversation, Curtis ? On dirait que c'est une torture pour toi de te confier à moi…

— Je n'ai jamais autant révélé de moi-même à une femme, répliqua-t-il.

Jess se demanda si elle était censée prendre cela pour un compliment, parce qu'à ses yeux c'était loin d'être le cas. Voulait-il dire qu'il était si peu conscient d'elle sexuellement qu'il trouvait plus facile de s'ouvrir à elle ? Un peu comme on le fait avec le coiffeur qui vous coupe les cheveux…

Savait-il seulement ce que signifiait partager vraiment son intimité avec quelqu'un ?

— Caitlin est mentalement… fragile, reprit doucement Curtis. Je préfère te le dire car la situation actuelle l'impose. Elle cherche à raviver la flamme entre nous alors que celle-ci est bel et bien éteinte. Je pensais qu'elle était passée à autre chose, mais notre discussion d'hier semble prouver le contraire. Et elle ne pense pas que nous sortions vraiment ensemble.

— Pourquoi ? Parce qu'on se connaît depuis toujours ou à cause de mon apparence.

— Que veux-tu dire ?

— Rien, répondit Jess évasivement en secouant la tête.

— Non, explique-moi.

— Je ne suis pas une petite blonde, Curtis, voilà tout ! Elle pense *évidemment* qu'une fille comme moi ne pourra jamais te plaire.

Jess faillit se lever et partir mais, alors, Curtis aurait sans doute compris l'effet qu'il avait sur elle. Elle resta donc assise, percluse de souffrance.

— Peut-être qu'elle *refuse* de l'accepter, murmura-t-il d'un air surpris comme s'il venait de comprendre quelque chose. Il est possible qu'elle ne se soit jamais sentie menacée par les femmes qui sont passées après elle, tandis qu'avec toi…

Curtis s'interrompit en la regardant avec insistance, et elle sentit qu'elle rougissait.

— Oui, nous sommes de vieux amis, mais tu es intelligente, pleine d'esprit et terriblement sexy. Tu représentes sans doute un danger pour elle. Quoi qu'il en soit, il faut que ce week-end soit consacré à John et à Philippa. Je ne veux surtout pas que Caitlin fasse son numéro dans l'espoir de me séduire. Elle est suffisamment instable pour être capable de faire une scène devant tout le monde.

Il resta silencieux quelques instants avant de reprendre :

— J'ignore ce que j'aurais fait si John m'avait averti de sa présence. J'imagine qu'il n'a pas pensé que cela pourrait être un problème. Il sait que je ne suis pas rancunier et que ça ne me dérange pas de recroiser mes ex. Ou alors ce filou tenait à ce que je vienne et il a évité de m'en parler. Le connaissant, je pencherais plutôt pour la seconde hypothèse, acheva-t-il en souriant.

Le cerveau de Jess s'était arrêté quand Curtis avait dit qu'il la trouvait *sexy*. Était-ce bien le mot qu'il avait prononcé ?

Soudain, le souvenir de ses doigts sur sa nuque resurgit, et elle eut du mal à respirer.

L'avait-il trouvée sexy quand il avait posé ses mains sur elle ? Quand il l'avait touchée comme jamais auparavant ?

— Merci de m'avoir tout expliqué, lança-t-elle en se levant avec un grand sourire. Au fond, nous ne serons en public qu'au moment du mariage… et tu as raison, il faut tout faire pour que la cérémonie de John et de Philippa ne soit pas assombrie par… les frasques de ton ex-fiancée.

Jess était impatiente de skier pour se changer les idées après cette avalanche de révélations plus déconcertantes les unes que les autres.

— Et puis, je suppose que quelques démonstrations d'affection ne feront de mal à personne ! s'exclama-t-elle, un peu nerveuse. Maintenant que tout est clair, si nous allions descendre quelques pistes ?

Curtis regarda Jess enlever son bonnet de laine rayé noir et rouge et se recoiffer de la main.

Alors qu'autrefois elle tentait toujours de se rendre invisible, elle semblait plus sûre d'elle à présent et plus confiante dans son sex-appeal. Comment s'étonner que Caitlin voie en elle une menace nouvelle ?

Son ex lui avait envoyé plus d'une douzaine de textos depuis la veille au soir, et il ne lui en avait renvoyé qu'un seul, lui demandant d'arrêter de lui écrire.

Il est vrai qu'il s'était souvent inquiété pour la santé mentale de Caitlin, ce qui avait peut-être encouragé l'obsession malsaine qu'elle nourrissait pour lui. Maintenant, c'était l'imprévisibilité de la jeune femme qui préoccupait Curtis. Ses SMS étaient intrusifs et hors de propos : elle le suppliait de leur donner une autre chance, arguant le fait qu'elle avait changé, que la thérapie lui avait fait du bien. Elle ne voyait pas ce qu'il pouvait trouver à Jess. Ne se souvenait-il pas du plaisir qu'ils avaient eu au lit ?

Curtis envisageait sérieusement d'annoncer à John que la situation était trop explosive pour qu'il assiste au mariage.

Au fond, il aurait mieux fait de couper les ponts définitivement avec cette femme au lieu d'essayer de lui venir en aide.

Les cicatrices de sa propre enfance avaient influencé sa relation avec Caitlin. Pour la première fois, il avait dévié de la voie qu'il s'était juré de suivre. Voilà ce qu'il advenait lorsqu'on ouvrait la porte à ses émotions, les laissant prendre le dessus, même de façon infime…

William était le seul qui y avait droit.

Une fois n'est pas coutume, Curtis se replongea dans son passé, rejouant le film de son enfance et des événements qui l'avaient conduit à être sauvé de la solitude de l'orphelinat. William Farrow s'était présenté comme un *visiteur* désireux de le rencontrer. Il se souvint de lui, petit garçon assis, ses pieds touchant à peine le sol, face à cet inconnu au visage aimable qui le regardait en silence. Puis on lui avait ordonné de ne pas bouger, et Mme Evans, la dame qui dirigeait l'établissement d'une main de fer, était partie dans son bureau avec le monsieur pendant un temps qui lui avait paru infini. Quand ils étaient revenus, la vie de Curtis avait changé à tout jamais.

Plus tard et très progressivement, il avait compris ce qui avait conduit son parrain aux portes de cette institution.

William avait été le tuteur de sa mère à l'université et il avait fait de son mieux pour garder dans le droit chemin cette étudiante brillante à laquelle il s'était attaché. Mais Sophie Hamilton, elle-même orpheline, avait toujours eu de mauvaises fréquentations. Belle, intelligente et totalement instable, elle s'était un jour volatilisée en emmenant Curtis et avait plongé ensuite dans la drogue et l'alcool.

William était furieux mais, peu après, il s'était vu offrir un poste à l'étranger et il n'avait pas réussi, malgré tous ses efforts, à maintenir un contact avec elle.

Ce n'est que plusieurs années plus tard, de retour en Angleterre, qu'il avait fini par apprendre ce qui était arrivé à Sophie et à son filleul.

Bouleversé, il s'était précipité jusqu'à l'orphelinat dans l'espoir de sauver l'enfant.

Oui, son parrain aurait tout l'amour et la confiance que Curtis refusait au reste du monde. Plus jamais il ne manquerait à son code de conduite comme il l'avait fait avec Caitlin. Il suffisait de voir où cela l'avait mené…

— Coucou ! Tu es toujours là ?

Il revint soudain à la réalité et aperçut Jess devant lui qui lui souriait en le fixant de ses yeux bleus si intenses.

Durant une fraction de seconde, il eut envie de tout lui raconter pour qu'elle comprenne les sombres motivations qui le poussaient à aller de l'avant sans s'attacher à personne. Lui révéler l'erreur qu'il avait faite avec Caitlin et qui maintenait malheureusement la jeune femme si présente dans sa vie…

Curtis secoua la tête comme pour se réveiller. Que lui arrivait-il ? Jess était son amie bien sûr, mais il avait pour règle de ne jamais se confier à personne. Alors pourquoi avait-il été tenté de le faire ?

— Je me disais que tu skies vraiment comme une pro, dit-il en souriant.

Il devait absolument garder le contrôle de sa vie et, pour cela, il fallait établir des barrières strictes dans son amitié avec Jess.

— Mais j'ai quand même réussi à te battre… alors que je t'avais laissé une avance très généreuse ! ajouta-t-il.

Jess aurait pu jurer que l'esprit de Curtis voguait à des milliers de kilomètres tandis qu'ils cheminaient tous deux, skis sur l'épaule, en direction de leur hôtel. À quoi pouvait-il bien penser ? À son travail ? À son ex hystérique ? En tout cas, jamais elle ne s'était autant régalée sur les pistes que ce matin-là. Mettant leur conversation de côté, elle s'était sentie merveilleusement libre en profitant de l'air froid contre son visage et des paysages somptueux.

— Je ne pense pas qu'on puisse considérer que deux mètres soient une avance généreuse, répondit-elle en riant tandis qu'ils entraient dans le *resort* où des employés se précipitèrent pour les débarrasser de leur matériel de ski.

— Et qui sait ? Peut-être ai-je *décidé* de te laisser gagner, hmm ?

Curtis lui sourit en haussant les sourcils. Sur son visage, nulle trace de l'expression pensive qu'il affichait un peu plus tôt.

— Tout le monde sait que les hommes aiment gagner, reprit Jess d'un ton moqueur. Y compris sur une piste noire.

— Vraiment ? murmura-t-il en détournant un instant ses yeux verts des siens.

Jess était dans un état d'excitation intense. Jamais Curtis ne lui avait paru aussi sexy que lorsqu'il dévalait cette pente raide juste devant elle, chaque muscle de son corps puissant mobilisé par l'effort. À chaque fois qu'elle le rattrapait, il la distançait à nouveau. Quel moment réjouissant ils avaient passé ! Elle repensa à ses derniers rendez-vous avec des hommes. Ils avaient beau être tout à fait convenables et gentils, aucun d'eux ne l'amusait et faisait battre son cœur aussi vite que Curtis Hamilton.

Et quand celui-ci se tourna à nouveau dans sa direction pour la fixer avec une expression qu'elle ne lui avait jamais connue, elle eut le sentiment qu'il la caressait du regard, et son souffle se raccourcit. Il se pencha soudain vers elle, et elle devina à la flamme qui brûlait dans ses yeux qu'il était sur le point de l'embrasser.

Mon Dieu, elle qui n'attendait que ça !

Elle s'arqua pour venir à lui, et le contact de leurs lèvres provoqua une onde de désir à travers tout son corps. Elle glissa ses mains autour du cou de Curtis, et il approfondit son baiser auquel elle répondit avec ardeur, leurs corps serrés l'un contre l'autre.

Le monde n'existait plus autour d'eux. Ils étaient seuls, plongés dans cette étreinte sans fin.

Mais soudain, une voix de femme les interrompit brutalement, et il fallut quelques secondes à Jess pour comprendre que Caitlin se trouvait juste derrière eux. Elle plaqua ses mains tremblantes contre le torse de Curtis et s'écarta de lui à contrecœur.

Les pensées se bousculèrent dans sa tête tandis qu'elle se tournait vers la jeune femme qui semblait bouleversée.

Curtis avait-il aperçu Caitlin et décidé de l'embrasser pour simuler ce qu'ils avaient convenu ? Avait-il agi ainsi pour éviter une scène de son ex qui aurait gâché le mariage de John et de Philippa ?

De son côté, Jess avait répondu à son baiser avec une passion et une fougue qui n'étaient pas feintes. Qu'allait-il penser d'elle ? Mon Dieu, elle n'osait même pas y songer…

Un peu confuse, elle se tint à l'écart tandis que Curtis engageait une conversation feutrée et brève avec Caitlin qu'il raccompagna ensuite vers la sortie de l'hôtel. D'un bref signe de la tête, il demanda à un membre du personnel de la conduire poliment jusqu'à un taxi.

Jess n'avait pas entendu un seul mot de leur échange.

— Je ne peux pas gérer ça, Curtis, murmura-t-elle quand il revint dans le hall.

Il se pencha vers elle, et elle crut voir dans ses yeux qui étaient encore sombres et brûlants ce qui ressemblait à un désir sincère. Mais Jess ne se bercerait plus d'illusions à ce sujet. Elle s'était suffisamment ridiculisée comme cela.

— Tu n'auras pas à le faire, dit Curtis à voix basse. Caitlin ne sera pas là pour le mariage.

6.

Déjà trente-six heures de lutte incessante contre la tentation, pensa Curtis.

Il avait réussi à faire en sorte que Caitlin rentre au Royaume-Uni après avoir présenté des excuses appropriées aux futurs mariés. Une sortie discrète et sans histoire. Pour expliquer son départ précipité de Courchevel, Curtis avait suggéré à Caitlin d'invoquer une urgence de dernière minute au boulot. Il était certain que John et Philippa comprendraient parfaitement.

Curtis avait maintenu des liens avec son ex en dépit de son mensonge impardonnable parce qu'il avait eu de la peine pour elle et que, d'une certaine manière, il la comprenait. Mais là, c'était trop.

L'attitude intrusive de Caitlin l'avait glacé, et il avait surtout eu peur que Jess subisse les conséquences de son manque de courage à l'égard de son ex.

« Tu as besoin d'une thérapie plus intensive », lui avait-il dit froidement. « Je parle d'un séjour dans un centre spécialisé. Je le prendrai en charge le temps qu'il faudra, mais tu dois te remettre sur les rails et m'oublier. Malheureusement, si tu n'y parviens pas… »

Avait-il besoin d'entrer dans les détails ? Pas vraiment. Caitlin savait que l'influence de Curtis s'étendait à de nombreux cercles qui pouvaient l'affecter.

Pour commencer, c'est lui qui lui avait trouvé un métier – de quoi être indépendante et lui garantir une certaine stabilité.

Elle avait été mannequin, et travailler dans un magazine de mode lui allait comme un gant.

Caitlin garderait-elle son job si elle continuait à le harceler ? Probablement pas. Ou alors elle risquerait d'être envoyée à l'autre bout du monde, et cette nouvelle vie ne serait sans doute pas à son goût.

Curtis avait lu dans ses yeux qu'elle avait compris l'enjeu de la situation.

En fin de compte, tout n'est qu'une question de survie, avait-il pensé. Lui-même l'avait appris dès son plus jeune âge. Avoir grandi avec une mère toxicomane puis être abandonné dans un orphelinat à la merci d'étrangers avait été une formidable leçon de vie. Jamais plus il ne vacillerait comme il l'avait fait avec Caitlin.

Son ex avait bien reçu le message. Elle avait pris le premier vol de retour, et il n'avait plus besoin de faire semblant d'être en couple avec Jess.

« Tu peux donc te détendre », avait-il annoncé à la jeune femme et il avait souri en voyant son air soulagé.

Et depuis ? Il luttait contre la tentation. Et l'envie permanente de la toucher, qu'ils soient seuls ou entourés. C'était inhabituel. Il n'avait jamais aimé les effusions en public. Ses amis le savaient, c'est pourquoi il s'était dit qu'inviter Jess à ce mariage serait une bonne idée dans la mesure où leur relation n'impliquait aucun *contact physique*. Seulement, il n'avait pas prévu que la jeune femme ferait naître en lui un désir aussi intense.

Et plus l'envie de la toucher le démangeait, plus il comprenait que ce serait un signe de faiblesse de sa part. Le pire, c'est que Jess n'était pas une de ces petites blondes sexy qui lui importaient peu. Il tenait trop à elle pour savoir que, s'il la blessait, il ne se le pardonnerait jamais. Curtis était incapable d'aimer ; or il savait que la jeune femme attendrait de lui un véritable engagement.

Voilà pourquoi il résistait.

Ce qui l'aidait, c'était l'impression que l'attraction n'était pas réciproque du tout.

Hormis quand il avait aperçu Caitlin et qu'il avait embrassé Jess. Celle-ci s'était donnée entièrement à ce baiser et avait serré son corps contre le sien jusqu'à ce qu'il oublie totalement que cette étreinte n'était au départ que du cinéma.

Depuis cet instant, la jeune femme avait repris ses distances et se comportait avec lui comme l'amie de toujours.

Tout en attendant Jess dans le hall pour se rendre à la cérémonie de mariage, Curtis laissa son esprit vagabonder, gagné par des images sensuelles et interdites qui le rendaient fou.

N'avait-il rien appris de son expérience douloureuse avec Caitlin ? Il devait à tout prix éviter que l'émotion prenne le pas sur le bon sens. Malheureusement, son corps réagissait d'une manière qui échappait totalement à son contrôle.

Perdu dans ses pensées, il ne prit conscience de l'arrivée de Jess que parce que les murmures de la foule autour de lui s'étaient estompés. Il leva la tête et c'est alors qu'il l'aperçut.

Curtis avait cru avoir atteint le summum en la découvrant diablement sexy l'autre soir, mais ce n'était rien en comparaison de maintenant…

Jess portait une longue robe moulante sans manches en velours rouge et au décolleté plongeant. Une écharpe en fausse fourrure de couleur crème soulignait la courbe de ses épaules magnifiquement dessinées.

Il prit une grande inspiration et se força à sourire en venant à sa rencontre.

— Tu es…

— Incroyable ? répéta Jess en éclatant de rire avant de lever les yeux vers lui.

Elle espérait surtout avoir l'air normal. D'ailleurs, depuis un jour et demi, elle faisait tout pour paraître naturelle. Retour à la situation de départ. Ils étaient redevenus les amis de toujours. Fini, les situations confuses et les faux-semblants !

Caitlin avait disparu. Jess n'avait aucune idée de ce que Curtis lui avait dit, mais cela semblait avoir fonctionné. Dieu merci, elle n'aurait plus à supporter l'accélération dangereuse de son cœur chaque fois que Curtis la touchait pour sauver les apparences. Elle avait décidé d'enfouir le souvenir de leur baiser au fond de son esprit. Il n'en avait pas parlé depuis, et elle n'avait aucune intention d'aborder le sujet.

Mais Jess avait dû mobiliser toute sa volonté pour paraître aussi joviale et affectueuse qu'elle avait l'habitude de l'être, tout en étant parfaitement consciente du fait que des limites avaient été franchies. Et que des mots avaient été prononcés, qu'elle ne pouvait oublier.

Il avait dit qu'il la trouvait sexy. Et cette simple évocation menaçait de lui faire perdre la tête.

Le rire de Jess s'éteignit lorsqu'elle vit la flamme qui brûlait dans le regard de Curtis. Son corps tout entier la piqua et, alors que ses tétons durcis pressaient le tissu de sa robe, elle sentit une vague de chaleur naître entre ses jambes.

— Nous devrions y aller, dit-elle vivement.

Il acquiesça mais mit quelques secondes avant de se décider à bouger. Jess lui jeta un regard à la dérobée, et le parfum capiteux du désir s'insinua en elle.

Curtis était époustouflant en tenue de soirée avec son élégant costume noir et sa chemise blanche.

Il avait retrouvé son comportement habituel après leur baiser, et elle s'était convaincue qu'il n'avait pas ressenti les mêmes choses qu'elle. Pourtant, à présent, tandis qu'elle cheminait à ses côtés vers la sortie, elle avait la certitude qu'il la désirait ardemment.

Si seulement elle avait été plus expérimentée, elle aurait su comment profiter de cette occasion. Après tout, elle était folle de Curtis. N'était-il pas normal qu'elle veuille avoir sa première… expérience avec lui ?

Mais comment réagirait-il en apprenant qu'elle était vierge ? Serait-il alarmé, amusé ou bien les deux à la fois ?

Cette pensée la fit frémir d'angoisse tandis qu'ils se dirigeaient vers le lieu du mariage.

La cérémonie fut émouvante et intime car seuls quelques proches assistèrent à l'échange des vœux dans la petite église. Puis un bataillon de limousines blanches ramena les invités au chalet qui avait été transformé pour l'occasion en un paradis somptueux aux nuances hivernales. D'immenses guirlandes de fleurs blanches descendaient du plafond pour former une dentelle ravissante, et des bouquets géants d'orchidées séparaient la vaste pièce de réception en petits espaces plus intimes.

Il y avait encore plus de monde que la fois précédente, mais Jess se sentait étrangement détendue. Le champagne coulait à flots, et la nourriture était délicieuse. Elle papillonnait d'un groupe à un autre, tout en gardant un œil sur Curtis qui ne semblait jamais très loin.

À un moment, elle s'immobilisa devant la baie vitrée et contempla, pensive, le paysage enneigé qui s'étendait à perte de vue devant elle. Elle aperçut soudain le reflet de Curtis dans la glace. Il leva son verre dans sa direction pour la saluer, et elle lui fit un sourire sans se retourner.

Son cœur battait la chamade lorsque, quelques heures plus tard, elle le retrouva pour faire ses adieux aux jeunes mariés.

Curtis était si près d'elle qu'elle sentait la chaleur de son corps et, troublée, elle entendit à peine ce que Philippa lui disait. Une plaisanterie au sujet du fait qu'elle passerait sa lune de miel à l'endroit exact de son mariage car le couple avait prévu d'aller skier la semaine suivante.

La jeune épouse leva les yeux au ciel en riant, tout en couvant son mari du regard qui lui rappela en l'embrassant qu'ils partaient aux Maldives un mois plus tard.

Une fois assise sur la banquette arrière de la voiture, Jess enleva ses talons hauts. En la voyant fixer ses mains qu'elle avait croisées autour de ses genoux, Curtis comprit que son amie évitait volontairement son regard.

— Je t'ai trouvée incroyable ce soir, dit-il pour rompre le silence, mais elle resta muette.

Mon Dieu, jamais il n'avait passé une soirée dans un tel état d'anticipation. Quand il n'était pas à ses côtés, Curtis dévorait Jess du regard, notant chacun de ses gestes, se délectant du mouvement chaloupé de ses hanches lorsqu'elle se déplaçait dans la pièce et appréciant sa chaleur naturelle quand elle discutait avec des convives. Elle n'avait même pas pris conscience que tous les mâles de la soirée n'avaient d'yeux que pour elle. Curtis avait éprouvé la brûlure de l'alchimie qui les unissait sans même la regarder et à présent, assis à côté d'elle dans la voiture, il se consumait littéralement de désir.

— Merci, murmura Jess.

Incapable de se retenir plus longtemps, il saisit délicatement le menton de la jeune femme et fit doucement pivoter son visage vers lui. Puis il fit glisser son doigt jusqu'au contour de ses lèvres pulpeuses. Elle se mit à respirer plus vite mais, contre toute attente, elle ne repoussa pas sa main.

— Je ne pouvais pas détacher mes yeux de toi, dit-il à voix basse.

— Tu… ne devrais pas dire ces choses-là, chuchota-t-elle en rougissant. Combien de verres as-tu bus ?

— Presque rien. Et pourquoi devrais-je me taire ?

Il le savait parfaitement. Elle avait raison, mais il ne pouvait s'en empêcher.

— Parce que…, souffla-t-elle d'une voix éteinte.

— Parce que nous avons toujours été amis ?

Jess hocha la tête et poussa un soupir de soulagement quand leur hôtel apparut dans la lumière. Tant de pensées se bousculaient dans sa tête qu'elle n'arrivait plus à réfléchir correctement. Dehors, l'air glacé lui fit du bien car son corps la brûlait et elle avait besoin de fuir cette intimité qui la bouleversait. C'était comme si Curtis continuait à la toucher.

Ils furent accompagnés à l'intérieur par le concierge en livrée, et elle connut un bref instant de répit.

Mais son cœur s'emballa à nouveau lorsque, quelques secondes plus tard, les portes de l'ascenseur se refermèrent sur eux. Cernée de miroirs, elle ne pouvait échapper au regard de Curtis. Leurs yeux se rencontrèrent, et la flamme de désir qu'elle lut dans les siens l'embrasa de la tête aux pieds.

Troublée, elle bondit quasiment hors de l'ascenseur, serrant son châle autour d'elle dans un effort inconscient pour calmer les réactions de son corps indocile.

Saisissant sa carte magnétique, elle la passa frénétiquement sur sa porte quand soudain elle se figea. Curtis venait de couvrir sa main de la sienne.

— Tu ne veux pas qu'on parle de ce qui est en train de se passer ? demanda-t-il doucement.

Elle se retourna pour lui faire face et prit une grande inspiration.

— Il ne se passe rien.

— Tu sais comme moi que c'est un mensonge.

— Je crois que nous sommes…

Elle lui lança un regard désespéré avant de reprendre :

— … sortis de notre zone de confort habituelle. Je suppose que, si nous avons cette impression, c'est que…

— Tu veux vraiment qu'on parle de ça dans le couloir ? la coupa-t-il en l'invitant d'un signe de tête à poursuivre leur conversation dans sa chambre.

— Non !

— Tu as peur ?

— Pas du tout !

— Très bien, murmura-t-il en haussant les épaules avant de se détourner d'elle. Il n'y aura qu'à prétendre que cette conversation n'a jamais eu lieu. Nous rentrons après-demain, et tu retrouveras ta vie confortable comme si rien ne s'était passé.

— Non, attends ! s'exclama Jess en posant une main sur le bras de Curtis pour le retenir.

Elle comprit soudain qu'elle était à un tournant de sa vie. Elle était folle de cet homme depuis si longtemps... S'il partait maintenant, tout redeviendrait comme avant, mais serait-elle pour autant satisfaite ? Ou libérée de cet envoûtement ?

S'il s'en allait, Curtis ne regarderait jamais en arrière, et leur amitié s'étiolerait lentement sous le poids d'une affaire qui n'aurait jamais été résolue entre eux. Alors comment régler le problème ?

Sans doute en couchant avec lui. Ainsi, Jess soignerait le mal par le mal et ferait sortir Curtis de son esprit une fois pour toutes. Elle n'avait encore jamais vécu les doutes et les réflexions que les jeunes femmes doivent affronter quand elles envisagent de coucher avec un garçon pour la première fois. Elle-même était restée intacte, enfermée dans une tour d'ivoire d'où elle pouvait rêver secrètement sans se mettre en danger.

Camouflée derrière ses insécurités, elle pensait ne jamais avoir à les surmonter car il était impossible qu'un homme comme Curtis la regarde un jour.

Elle s'était dit qu'elle l'oublierait et qu'elle reverrait ses prétentions à la baisse quand elle se déciderait à avoir une relation avec quelqu'un de normal. Un homme qui ne lui ferait pas perdre la tête d'un simple regard. Qui ne serait pas capable de la faire rire aux éclats puis de la mettre au défi en l'espace de cinq secondes.

Mais pour l'instant, ils étaient là tous les deux, et il était temps pour elle de prendre un risque. Jess tenta de calmer sa respiration affolée, cherchant les mots pour exprimer ce qu'elle voulait dire, tout ce que son âme la *poussait* à confier...

— Je t'écoute, dit doucement Curtis.

— J'admets que tu m'attires…, parvint à articuler Jess avant de s'interrompre.

Il la regarda.

Qui a dit que les hommes se sentent davantage protecteurs envers les femmes de petite taille ? En observant le rose qui colorait les joues de son amie d'enfance, Curtis eut soudain envie de la prendre dans ses bras.

Il était tellement habitué aux femmes prédatrices et sûres d'elles que son cœur se serra en la voyant glisser nerveusement une mèche de cheveux derrière son oreille avant de détourner le regard.

Jess le connaissait. Elle savait qu'il n'était pas homme à donner son cœur. L'aveu de la jeune femme l'avait montré. Ils étaient simplement deux adultes qui n'avaient pas remarqué jusqu'à présent qu'ils étaient attirés l'un par l'autre. S'ils couchaient ensemble maintenant, ils le feraient en connaissance de cause.

Il la prit par la main et la conduisit dans sa propre suite. Une fois à l'intérieur, il tamisa les lumières et l'emmena dans la chambre.

— Je n'ai pensé qu'à ça tout le week-end, dit-il brutalement en se tournant vers elle.

Il posa les mains sur les épaules de Jess et lui caressa la nuque.

— Détends-toi, reprit-il en souriant. Je sais que nous sommes amis et, crois-moi, je ne pensais pas un instant que cela nous arriverait, mais parfois les surprises se cachent là où on les attend le moins.

Il l'embrassa au coin de la bouche et fit glisser sa langue le long de ses lèvres pleines.

Jess se figea, et il eut le sentiment que, si le corps de la jeune femme ne demandait qu'à répondre à ses caresses, une inquiétude soudaine s'était emparée d'elle.

— Qu'y a-t-il ? murmura Curtis en commençant à déboutonner sa chemise.

Il s'était déjà débarrassé de son manteau et de sa veste, mais elle ne semblait pas l'avoir remarqué.

— Je ne sais pas, balbutia-t-elle. Je ne suis pas sûre…

Curtis s'immobilisa, tentant de calmer la frénésie qui l'avait gagné.

— Je comprends que la situation soit inhabituelle, dit-il doucement. J'ai envie de toi, Jess, mais tu sais que tu peux changer d'avis et t'en aller si tu le souhaites…

— Ce n'est pas ça ! s'exclama-t-elle d'une voix étranglée par l'émotion.

— Alors quoi ?

— C'est juste que je manque un peu d'expérience, murmura-t-elle.

Il sourit, rassuré et touché de sa sincérité avant de continuer à enlever sa chemise. Quand il dévoila son torse large et musclé, Jess détourna le regard.

— J'en ai suffisamment pour nous deux, répliqua-t-il d'une voix rauque.

Il posa une main sur la fermeture Éclair de son pantalon et, de l'autre, il enlaça la jeune femme pour l'attirer à lui.

Cette fois, le baiser qu'il lui donna fut sans retenue. Il introduisit sa langue entre ses lèvres, la faisant basculer en arrière, et s'empara de sa bouche jusqu'à ce qu'elle gémisse et s'accroche à lui.

Il la poussa en direction du lit, et Jess sentit le contact du matelas contre ses jambes. Elle glissa ses bras autour des épaules de Curtis et pressa ses seins contre son torse nu. Quand il dégrafa sa robe, elle ne put réprimer un soupir d'excitation.

— Pas de soutien-gorge, souffla-t-il en l'embrassant dans le cou. Ça me plaît. Beaucoup…

Il fit glisser les bretelles de la robe et, avant qu'elle n'ait eu le temps d'esquisser un geste pour se protéger de son regard, il lui saisit les deux mains et fit un pas en arrière pour la contempler.

Jess ferma les yeux. Elle mourait d'envie de se couvrir, d'échapper à cet examen qui la faisait trembler.

— Tu es magnifique, dit-il simplement.

Elle ouvrit les yeux et, quand leurs regards se croisèrent, elle vit un tel désir dans celui de Curtis qu'elle manqua défaillir.

Avec hésitation, elle plaqua une main sur son torse puissant et commença à le caresser, appréciant la fermeté de ses muscles et la chaleur de sa peau qui l'attirait comme un aimant.

Soudain, il empoigna sa main et lui murmura en grognant qu'elle devait prendre garde à ne pas trop l'exciter si elle voulait que cet instant dure longtemps.

— Laisse-moi voir le reste de ton corps, ordonna-t-il tendrement.

Il glissa les mains sur ses hanches pour écarter plus complètement sa robe. Jess prit une grande inspiration. Devrait-elle lui préciser que son manque d'expérience était en fait *total* ?

Non. Elle ne voulait même pas imaginer sa réaction en apprenant qu'elle était vierge. Il n'avait pas besoin de le savoir, après tout.

Elle ôta ses talons hauts et perdit huit centimètres de hauteur. Sa culotte était toute simple, en coton blanc. Qu'allait-il en penser ?

— Ton corps rendrait fou n'importe quel homme, souffla Curtis d'une voix brûlante. Vérifie par toi-même, poursuivit-il en posant la main de Jess sur le gonflement de son sexe durci à travers son pantalon.

C'était ce qu'il voulait. Ce qu'ils voulaient tous les deux. Ils étaient adultes. La manière la plus efficace pour clarifier cette situation inhabituelle n'était-elle pas de la réduire à sa plus simple expression ?

L'assouvissement d'une attraction physique mutuelle.

Irrésistible et impérieuse.

Curtis refoula les tiraillements de sa conscience. Il avait passé sa vie à contrôler son destin ; alors, si le temps d'un bref instant, il se laissait aller à son désir, il était certain que ce ne serait qu'un épisode éphémère, facile à rectifier à la lumière du jour.

Sa profonde affection pour cette femme qui l'excitait à un degré inimaginable ne poserait aucun problème.

Elle le connaissait mieux que quiconque. Elle savait qu'il nourrissait une phobie réelle vis-à-vis de toute forme d'engagement. Elle connaissait son histoire avec Caitlin. Il n'y avait donc aucun risque qu'elle s'imagine quoi que ce soit.

Idem de son côté. Curtis s'était forgé une armure d'acier qui protégeait son cœur de tout sentiment. C'est ainsi que la vie l'avait façonné, et lui non plus ne se faisait aucune illusion.

Tous deux se lançaient dans cette aventure en adultes consentants. S'il n'en avait pas été convaincu, jamais Curtis ne se serait trouvé là, quelle que soit la chaleur du feu qui brûlait entre eux.

Pour rien au monde il ne risquerait de blesser cette femme. Et sur cette pensée, il laissa son désir s'emparer totalement de lui.

Bouleversée, Jess baissa les yeux et glissa un doigt sous la ceinture du pantalon de Curtis sans oser aller plus loin. Mon Dieu, que lui arrivait-il ? Être ici, avec lui, voir ses fantasmes de toujours prendre vie sans crier gare. Comme elle aurait aimé avoir un peu d'expérience et ne pas se sentir totalement dépassée par la situation…

— C'est un peu bizarre, chuchota Curtis à son oreille pour l'encourager. Je comprends…

Il fit un pas en arrière et baissa la fermeture Éclair de

son pantalon avant de l'enlever et de faire de même avec son caleçon.

Il se tint debout devant elle, totalement à l'aise avec sa nudité, et elle le regarda, stupéfaite.

Soudain, elle oublia tout : son état de panique et le fait qu'elle était en petite culotte devant lui. Absorbée totalement dans la contemplation de cet homme dont le corps athlétique et parfaitement sculpté lui fit penser à une œuvre d'art.

Elle baissa les yeux et observa, fascinée, son membre dressé, d'une taille impressionnante.

« Un peu bizarre », avait-il dit… S'il savait ! Mais rien ne pourrait la dissuader d'agir à présent. Son excitation était telle qu'elle passait outre la confusion brûlante qui régnait dans son esprit.

— Ça ne te dérange pas que ce soit un peu étrange, Jess ? murmura-t-il avec un sourire dans la voix.

Sans lui laisser le temps de répondre, il l'embrassa fougueusement sur la bouche et, saisissant ses seins à pleines mains, il se plaqua contre elle en grognant de plaisir. En sentant la fermeté de son érection presser sur son ventre, la jeune femme ne put réprimer un gémissement.

— J'aime que tu sois si grande, reprit-il d'une voix rauque en caressant ses tétons durcis.

Jess ne sut que répondre car, pour la première fois de sa vie, elle était emportée dans un tourbillon de sensations exquises. Son corps entier était en ébullition. Depuis la pointe de ses seins jusqu'au creux de ses jambes. Elle voulait qu'il la touche. Qu'il s'empare d'elle entièrement. Elle serra ses cuisses l'une contre l'autre, consciente de l'excitation qui la gagnait.

Comme si Curtis lisait dans ses pensées et devinait les signaux que son corps émettait, il lui ôta sa culotte sans aucune trace de pudeur déplacée.

Puis il glissa sa main entre ses jambes, et elle s'immobilisa tandis qu'il embrassait sa bouche, son visage et son cou en lui prodiguant des caresses nouvelles.

Ses doigts se déplacèrent savamment jusqu'à trouver le cœur de son intimité, et il commença à la frotter doucement, faisant monter son excitation jusqu'au point de non-retour.

Alors qu'elle était sur le point d'atteindre l'extase, il la poussa doucement vers le lit, et elle s'allongea sur le dos sans le quitter des yeux.

Il cherchait quelque chose dans son portefeuille, et elle comprit soudain. Un préservatif bien sûr. Il pensait à se protéger.

Malgré son esprit embrumé par le désir, Jess se souvint qu'après le fiasco que Curtis avait vécu avec Caitlin jamais il ne prendrait le risque d'une autre grossesse non désirée.

Troublée, elle ferma à demi les yeux et sursauta lorsqu'il vint s'étendre près d'elle. Il entama alors une exploration lente et méthodique de ses seins, les caressant et les prenant dans sa bouche pour la rendre folle. Elle se cambra et gémit sous ses caresses. Le frottement abrasif de ses pouces sur les mamelons sensibles et l'alternance avec la chaleur douce de sa langue provoquaient en elle des vagues de plaisir croissant.

Elle glissa sa main dans les cheveux de Curtis et arqua son corps pour davantage de sensations. Il lui écarta doucement les jambes et, fascinée, elle le vit descendre doucement le long de son ventre tendu de désir, s'attardant autour de son nombril jusqu'à atteindre le triangle velouté de son pubis.

Il enfouit sa tête entre ses cuisses, et elle frémit, émue par autant d'intimité mais sans tenter le moindre mouvement pour se dérober à la caresse magique de sa langue.

Soudain, il se redressa, et elle eut un bref instant d'appréhension en se rendant compte qu'il enfilait son préservatif, ce qui prit plus de temps que prévu car ses mouvements étaient agités. Elle ne put s'empêcher d'être émue en le découvrant presque maladroit, lui qui parvenait toujours à exercer un tel contrôle de lui-même.

Puis il s'enfonça en elle, et elle se raidit instantanément. Comme elle avait été naïve de penser qu'elle serait capable de cacher son manque d'expérience. Cette première pénétration fut un choc et, sous l'effet de la douleur, Jess fut incapable de contrôler sa réaction. Juste une fraction de seconde mais cela fut suffisant pour que Curtis se retire immédiatement et, lorsqu'elle leva les yeux vers lui, elle s'aperçut qu'il était bouleversé.

— Jess…

— Ne dis rien, supplia-t-elle à voix basse.

— Tu es vierge !

Sentant que les larmes menaçaient de jaillir de ses yeux, elle détourna la tête, mais il lui prit doucement le menton pour la forcer à le regarder.

— Ne pleure pas, chuchota-t-il.

— Je ne pleure pas, répondit-elle vivement. Oui, je suis vierge. Et alors ? J'ai envie de… ça. Je t'en prie, arrête de parler et… continue.

— Je ne veux pas te faire du mal…

Curtis semblait évoquer autre chose que la douleur physique.

— Tu ne m'en feras pas. Curtis, ajouta-t-elle en lui caressant le visage, j'ai tellement envie que tu me fasses l'amour… Ne me pose plus de questions, s'il te plaît.

Il s'exécuta, un peu maladroitement au début, puis, avec une douceur extrême, il entra en elle à nouveau et bougea petit à petit, attendant que le plaisir la gagne comme une onde merveilleuse. Et quand il sentit qu'elle était prête, il la prit plus profondément et accéléra la cadence jusqu'à ce que l'extase emporte Jess, plus haut qu'elle n'était jamais allée. Elle eut l'impression que tout son corps fondait de plaisir. Elle l'entoura de ses jambes, s'accrochant frénétiquement à lui, et il la rejoignit dans un orgasme aussi puissant que brutal. Quand elle retrouva ses esprits quelques minutes plus tard, elle s'aperçut que Curtis se débarrassait du préservatif en jurant doucement.

— Je ne suis jamais comme ça, dit-il d'un ton bourru.

Il la retourna doucement pour qu'ils se retrouvent allongés

face à face, leurs jambes entremêlées l'une à l'autre comme si leurs corps s'emboîtaient parfaitement.

— Comment ? demanda-t-elle en se blottissant contre lui. Jamais elle ne s'était sentie aussi entière, aussi vivante et, même si elle savait que c'était un moment unique qui ne se reproduirait pas, elle avait l'intention d'en profiter au maximum.

— Je n'arrivais pas à me contrôler. Cette satanée capote... j'ai peur qu'elle ait glissé un peu.

Mais très vite, l'inquiétude passagère fut balayée par le bien-être qu'ils ressentaient tous deux.

— Quoi ? dit-elle en enfouissant sa tête dans son cou, et il posa les mains sur ses fesses pour l'attirer contre lui.

— Peu importe... Tu aurais dû me prévenir, Jess.

— Pourquoi l'aurais-je fait ? répliqua-t-elle en le regardant. Pas question de jouer les timides en prétendant ne pas savoir de quoi il parlait.

— J'aurais été plus doux, dès le départ. Je suis désolé si... Je ne pouvais pas savoir...

— Tu as été parfait, dit-elle, et il lui sourit en repoussant quelques mèches humides de son front.

— Toi aussi.

Jess rougit en souriant à son tour et elle détourna le regard.

— Qui aurait cru que nous serions un jour allongés nus dans le même lit, Curtis ? ajouta-t-elle en ressentant le frisson délicieux de l'interdit.

— En effet, admit-il avant de marquer une pause. Nous sommes ici encore un jour et demi...

— Oui.

— Jess, jamais je n'aurais imaginé... Enfin, si, ça m'a traversé l'esprit, mais être là, ensemble, ce n'est pas ce que j'avais prévu.

— Regrettes-tu ce qui vient de se passer, Curtis ? demanda-t-elle avec une pointe d'inquiétude dans la voix.

— Loin de là, répondit-il avec un sourire, et elle ne put s'empêcher de soupirer de soulagement. Tu te sens toujours bizarre à propos de ça ? ajouta-t-il en lui passant tendrement la main dans les cheveux.

Elle haussa les épaules, hésitant à répondre.

— Ce sera sans doute le cas demain matin, avoua-t-elle. Mais les choses reviendront à la normale avec le temps.

— J'ai toujours envie de toi, déclara Curtis sans détour. Je ne veux pas que ce soit la première et la dernière fois que nous couchions ensemble.

— Que veux-tu dire ? s'exclama Jess en tentant de réfréner la bouffée de joie qui la gagnait.

Serait-il possible qu'il envisage réellement de s'engager ? Un espoir fou naquit en elle, qu'elle essaya de faire taire.

— Réfléchis-y, dit Curtis en jouant pensivement avec une de ses mèches de cheveux. Nous avons ouvert une porte. Si nous partons maintenant, il y a un risque que celle-ci reste entrouverte et que plus rien ne soit pareil entre nous. À mon avis, nous devrions aller jusqu'au bout de cette histoire afin de la régler, une bonne fois pour toutes.

En l'accompagnant à Courchevel et en le voyant évoluer dans son environnement, Jess avait espéré qu'elle se libérerait de l'emprise que Curtis avait sur elle et du sentiment amoureux qui la liait à cet homme depuis si longtemps. Mais jamais elle n'avait imaginé qu'ils en arriveraient là ! Peut-être avait-il raison au fond. En se laissant aller à leur désir, ils ne généreraient pas de frustration qui entraverait leur amitié ultérieure. S'ils n'allaient pas au bout de cette aventure, elle aurait sans doute du mal à repartir de zéro et à envisager une relation avec un autre homme.

Et qui sait ? suggérait une petite voix perfide au fond de son esprit. *Qui sait ce qui pourrait se trouver sur ce chemin inexploré qui les avaient conduits d'amis à amants…*

— Tu me connais mieux que personne, poursuivit Curtis. Tu sais que je ne souhaite pas d'engagement à long terme. Nous pouvons être amants sans chercher à avoir plus, tu n'es pas d'accord ?

Ces mots eurent pour Jess l'effet d'une douche glacée, anéantissant en une seconde tous les bourgeons d'espoir qui avaient poussé dans son cœur.

Le tableau qui se dressait à présent devant elle n'était plus le même. Ils continueraient à coucher ensemble, elle se donnerait à lui corps et âme jusqu'à ce que sa date de péremption soit atteinte et, alors, il la repousserait poliment comme il l'avait fait avec tant de femmes par le passé. Comme il l'aurait fait avec Caitlin si les événements s'étaient déroulés différemment.

Alors, Jess ne pourrait s'en prendre qu'à elle-même car Curtis l'aurait clairement prévenue qu'il ne souhaitait pas s'engager sur le long terme.

Et elle ? Était-elle prête à cela ? Elle avait tant lutté pour avancer. Allait-elle renoncer à tous ses efforts simplement pour être son amante une ou deux semaines de plus ?

— Je crois qu'il serait plus… sain de laisser les choses telles qu'elles sont, Curtis, murmura Jess d'une voix douce. Souvenons-nous de ce qui s'est passé ce soir comme d'un moment merveilleux et unique.

Elle l'embrassa délicatement sur les lèvres et se releva du lit.

— Nous sommes amis et, même si la situation sera sans doute un peu étrange durant quelques jours, c'est tout ce qui compte. Et nous retrouverons notre vie d'avant. J'irai à des rendez-vous galants et toi… tu profiteras de toutes ces femmes magnifiques qui t'attendent, ajouta-t-elle avec un sourire triste. Maintenant, je vais retourner dans ma chambre.

Vite, elle devait s'échapper ; sinon, elle savait qu'elle céderait à la tentation et qu'elle le regretterait amèrement ensuite.

Elle se leva et ramassa, un peu gênée, ses vêtements entassés sur le sol. Puis elle enfila rapidement la robe rouge qui ne lui sembla plus sexy du tout. Dieu merci, elle n'avait qu'une porte à franchir pour retrouver sa suite.

Elle jeta un dernier regard à Curtis et lui adressa un sourire calme.

— On va skier demain ?

Puis elle marqua une petite pause avant de reprendre :

— C'était vraiment un moment merveilleux. Je m'en souviendrai toute ma vie. Bonne nuit.

7.

Une trêve précaire. Un bandage sur une blessure qui menaçait à tout moment de se rouvrir.

Voilà ce que ressentait Jess.

Oui, elle avait quitté le lit de Curtis. Elle avait remis cette robe rouge et filé dans sa chambre. Ils avaient skié le matin suivant et discuté, mais elle avait bien conscience que, derrière leurs bavardages émaillés de plaisanteries et de rires, ce qui s'était passé planait comme une ombre au-dessus d'eux.

Était-elle la seule à trouver difficile de prétendre que tout était redevenu comme *avant* ?

Elle s'était efforcée de maintenir une distance physique avec lui en prenant soin de ne pas faire référence au fait qu'ils avaient couché ensemble. Mais le regard qu'elle posait à présent sur Curtis avait changé. Elle savait à quoi son corps ressemblait. Elle avait goûté au paradis, et c'était un enfer de rester naturelle avec lui en ayant ces images en tête.

Ce fut un soulagement de retrouver le sol britannique. Avant même qu'ils n'arrivent à l'aéroport, Curtis s'était replongé dans son travail comme s'il voulait rattraper le temps perdu à Courchevel.

Quand Jess avait décliné sa proposition de rester amants, il avait semblé accepter la nouvelle avec légèreté et avait sans doute relégué cet épisode au fond de son esprit sans y penser davantage. Une liaison de perdue, dix de retrouvées !

Tandis que, pour *elle*, c'était loin d'être le cas.

Elle s'était dit qu'une pause serait salutaire. Une fois de

retour, elle n'aurait plus à être en sa présence, et ce désir fou qui l'empêchait de respirer s'évanouirait peu à peu.

Ils s'étaient quittés à l'aéroport, et elle avait fermement refusé qu'un chauffeur la raccompagne à Ely comme Curtis le lui proposait.

« Jess, avait-il insisté en plongeant ses merveilleux yeux verts dans les siens, tu ne vas pas rentrer en bus par ce temps, c'est ridicule. Si tu ne veux pas d'un chauffeur, laisse-moi au moins te commander un taxi. Si tu refuses, c'est moi-même qui te ramènerai. »

Elle avait cédé pour le taxi.

De retour chez elle, elle avait passé les deux semaines suivantes à tenter de refouler toutes sortes de souvenirs qui n'avaient plus leur place dans sa vie. Après avoir jeté un coup d'œil à son application de rencontres, elle l'avait définitivement supprimée de son téléphone. Puis elle avait tenté de se raisonner. Son mal-être n'était qu'un petit passage à vide lié à la rupture. Un premier chagrin d'amour tardif, étant donné son âge, mais elle s'en remettrait. Pas question pour elle de rester piégée dans ce semblant de vie, à courir après ce qu'elle n'aurait jamais.

Elle s'était donc immergée dans le travail, convaincue que d'ici six mois elle plaisanterait de la situation dans laquelle elle se trouvait.

Sauf que d'ici six mois…

Jess fixa les deux traits bleus sur le petit bâtonnet blanc, et une nouvelle vague de nausée l'envahit.

Bien qu'elle se soit rendu compte que quelque chose clochait dans son cycle d'habitude parfaitement régulier, pas une seconde il ne lui était venu à l'esprit qu'elle pouvait être enceinte. Pas même lorsque deux heures auparavant, alors qu'elle était à la pharmacie en train d'acheter des produits de beauté, elle avait ajouté au dernier moment ce test de grossesse à son panier de courses… *juste au cas où.*

Maintenant, en proie à la plus grande confusion, elle

contemplait la preuve du prix à payer pour quelques heures de plaisir volé.

Mais comment était-ce possible ? *Comment ?* Curtis avait pourtant utilisé un préservatif. Soudain, elle repensa au choc qu'il avait eu en apprenant qu'elle était vierge et à ses tâtonnements nerveux. Savait-il qu'il y avait un risque que la contraception ait échoué ? Elle se souvint vaguement qu'il avait marmonné quelque chose à ce sujet, avant que cet instant ne se perde dans la passion grisante qui les avait consumés tous les deux…

Aussi expérimenté qu'il pût être avec les femmes, Curtis ne s'était sans doute jamais retrouvé dans une telle situation et, dans ce moment unique de maladresse, le destin avait jugé bon d'intervenir.

Jess devait bien sûr lui annoncer la nouvelle. Quel autre choix avait-elle ? D'un point de vue moral, il était hors de question de garder le secret et, sur le plan pratique, c'était tout simplement impossible dans la mesure où elle voyait souvent William. Cacher une grossesse et un bébé était impensable, à moins de quitter la région et de s'enfuir.

Comme une voleuse dans la nuit.

Jess prit une grande inspiration et saisit son téléphone. Elle le fixa quelques minutes, le cœur battant, puis composa le numéro de Curtis.

Il était un peu plus de 17 heures, ce qui, pour Curtis, signifiait encore deux ou trois heures de travail avant que son chauffeur ne le raccompagne dans son quartier huppé de Londres.

S'il faisait le point sur sa vie en ce moment, il devait se rendre à l'évidence : il n'était pas pleinement satisfait. Sur le plan professionnel, rien à dire. Il était de plus en plus riche. Il venait de signer une série de contrats qui lui garantissaient une place de choix dans le monde impitoyable du développement web et de l'analyse de données complexes.

Mais qu'en était-il de sa vie personnelle ? Deux rendez-vous avec des petites blondes sexy n'avaient pas éveillé son intérêt ni mis un terme aux fantasmes qui le hantaient au sujet d'une femme avec laquelle il avait couché une fois mais qui occupait son esprit à longueur de journée.

Pour quelqu'un tel que lui, cela posait un véritable problème. D'autant plus que la femme en question avait clairement repoussé ses avances !

Bien sûr, comme il se l'était répété au cours des deux dernières semaines, Jess avait eu parfaitement raison de le faire. Se séparer était la seule solution pour s'assurer que leur amitié reste intacte, et c'était l'essentiel.

Et même s'il avait eu envie d'elle sur le moment, jamais il n'aurait pris le risque de la blesser pour un flirt de quelques semaines. Quoique, à la réflexion, il y aurait eu peu de chances que cela arrive, vu la façon décontractée qu'elle avait eue de l'éconduire. Les dernières heures qu'ils avaient passées ensemble avant de rentrer à Londres avaient été la preuve que leur relation n'avait été pour Jess qu'une brève et agréable passade.

Et cela lui convenait aussi, se répétait-il comme un mantra.

Son bon sens lui disait qu'il aurait dû s'éloigner vers de nouvelles aventures sans un regard en arrière, mais malheureusement c'est le contraire qui semblait se produire.

Était-ce parce que leurs liens avaient atteint un niveau qui allait bien au-delà de l'attirance physique ? Était-ce le fondement de leur amitié qui rendait si difficile de fermer la porte à ce bref interlude ? Quelle qu'en soit la raison, Curtis était dans le pétrin.

Et pour compliquer la situation, William avait lu un article à leur sujet dans un journal.

« Où as-tu entendu ça ? » s'était-il exclamé deux jours

avant, quand son parrain s'était réjoui d'avoir appris que Jess et lui étaient en couple depuis leur séjour au ski.

Un interrogatoire minutieux lui avait permis de découvrir qu'ils avaient fait l'objet d'un encart dans un de ces journaux à scandales qui traînent habituellement dans les salons de coiffure.

Curtis s'était précipité dans le magasin le plus proche pour voir de quoi il retournait. La photo était assez innocente. Le texte, en revanche, était plus préoccupant. En quelques phrases, le journaliste laissait entendre que le célibataire le plus convoité de Londres avait enfin trouvé la femme de ses rêves. Fallait-il s'attendre à un prochain mariage ? D'après une amie proche qui avait vendu la mèche, c'était plus que certain.

Curtis n'avait aucun doute quant à l'origine de la fuite. Caitlin s'était enfin décidée à quitter sa vie mais, avant cela, elle avait cherché à lui causer le plus d'ennuis possible.

En temps normal, il aurait méprisé ces potins et en aurait ri avec ses amis mais, contre toute attente, William était tombé dessus et maintenant…

De quoi donner la migraine à Curtis…

« Depuis quand lis-tu ces cochonneries ? » s'était-il exclamé à l'adresse de son parrain sans pouvoir s'en empêcher.

« On a bien le droit de se détendre de temps en temps, mon garçon », avait répliqué le vieil homme. « J'ai vu votre photo en tête de gondole chez le marchand et j'ai acheté le journal. J'ai trouvé cette nouvelle formidable. En revanche, Jess n'en a pas dit un mot quand elle est passée hier, et tu sais bien que je n'aime pas m'immiscer dans ce qui ne me regarde pas… »

William avait marqué une pause avant de reprendre, le plus sérieusement du monde :

« Je suis heureux que vous ayez enfin compris que vous étiez faits l'un pour l'autre, Curtis, mais je te préviens : Jess n'est pas une de ces pimbêches que tu as l'habitude de fréquenter, alors j'espère que tu sauras te comporter comme il le faut avec elle. »

Oui, c'était un problème. Parce que, si Curtis n'avait cure de ce que pensaient les autres à son sujet, il se souciait beaucoup de l'opinion de son parrain. Il avait donc passé la journée à se demander s'il ne ferait pas mieux d'expliquer la situation à Jess, avant que William ne lui pose des questions embarrassantes sur une relation qui n'avait jamais existé.

C'est alors que son téléphone se mit à sonner et que la photo de Jess apparut sur l'écran. Tous ses sens furent soudain en alerte. Pour la première fois depuis son retour à Londres, il se sentait vivant.

Il avait essayé de contacter la jeune femme et lui avait laissé deux messages vocaux car elle ne décrochait pas. Elle avait répondu par un bref texto en lui expliquant qu'elle croulait sous le travail et lui souhaitait une bonne semaine.

Et maintenant… Oui, il se sentait vivant et impatient d'entendre sa voix. Il s'adossa dans son grand fauteuil en cuir et croisa les jambes sur son bureau.

— Jess !

L'espace d'une seconde, il nourrit l'espoir fou qu'elle ait eu des remords en le repoussant.

Puis un scénario plus réaliste s'imposa dans son esprit : elle avait discuté avec William qui lui avait fait part de son plaisir de la voir sortir avec son filleul. Quel soulagement c'était pour lui, après toutes ces bimbos sans intérêt !

Il se rassit brusquement.

— Jess, comment vas-tu ? Je n'ai pas eu de nouvelles de toi depuis un moment.

— J'étais occupée.

Elle marqua une pause avant de reprendre :

— Curtis, j'ai besoin de discuter avec toi.

— N'est-ce pas ce que nous sommes en train de faire ?

— Je veux dire… j'ai besoin de te *voir*…

Curtis sourit. Pourquoi Jess l'appelait-elle ? Il la connaissait suffisamment pour avoir deviné qu'elle était… tendue. Sans doute avait-elle quelque chose à lui annoncer qu'elle avait du mal à formuler au téléphone. Regrettait-elle le rejet hâtif de sa proposition ? Peut-être souhaitait-elle qu'ils poursuivent ce qu'ils avaient commencé.

Il avait passé les deux dernières semaines à ne penser qu'à elle ; alors, si Jess avait été dans le même état d'esprit, il serait logique qu'ils en soient arrivés à une conclusion commune…

— Je peux être chez toi dans deux heures, déclara Curtis en attrapant son pull en cachemire gris qu'il avait jeté avec son manteau sur le canapé en cuir près de la fenêtre.

— Inutile de te précipiter, Curtis !

— Je suis déjà en route. Où veux-tu aller dîner ? ajouta-t-il, plein d'une énergie nouvelle.

— Nulle part !

— Tant mieux. J'en ai assez de manger au restaurant. Rien ne vaut un bon repas à la maison. Un de ces jours, il faudrait que je demande à William de m'inculquer quelques bases de cuisine. Il n'attend que ça !

Curtis sortit de son bureau et jeta un regard distrait à l'armée de salariés qui s'affairaient devant leur ordinateur, ainsi qu'à son assistante – une dame d'âge mûr très efficace et loyale à qui il adressa un clin d'œil en lui précisant qu'il serait de retour au travail demain matin. Peut-être… Puis il se rua en direction de l'ascenseur.

Jess se rendit compte que Curtis lui avait raccroché au nez avant même qu'elle n'ait eu le loisir de lui proposer une date plus opportune pour leur entrevue. Elle aurait préféré avoir un peu de temps pour remettre de l'ordre dans ses idées et se préparer à une conversation qu'elle n'aurait jamais imaginé avoir un jour avec lui.

Peine perdue. Elle prit donc une douche rapide avant

d'enfiler un jean et un T-shirt à manches longues. De retour dans sa cuisine, elle fit l'inventaire de tous les ingrédients dont elle disposait pour concocter un repas *en tête à tête*. Curtis était déjà venu dîner chez elle, mais jamais elle ne s'était sentie aussi nerveuse à l'idée de cuisiner. Elle trouva des pâtes, des tomates et des champignons. Exactement ce qu'elle avait prévu pour elle. Elle n'aurait qu'à doubler les quantités.

Il lui semblait que dix minutes à peine s'étaient écoulées quand elle entendit le bruit strident de la sonnette d'entrée. Elle se précipita pour ouvrir la porte et, en découvrant Curtis sur le seuil, plus beau que jamais, son cœur s'emballa dans sa poitrine. Elle prit une grande inspiration et s'écarta pour le laisser passer. Il entra et lui tendit une bouteille de vin avant de se débarrasser de son manteau et de se rendre à la cuisine, aussi à l'aise que s'il avait toujours vécu là.

Jess crut défaillir tant elle était troublée. Curtis avait toujours eu cette capacité à emplir tout l'espace autour de lui, mais ce soir c'était plus vrai que jamais.

— Ce n'était pas urgent, tu sais…

— Pourquoi as-tu l'air si tendue, Jess ? Tu veux un verre de vin ?

— Euh… non merci.

— Et si nous allions au salon ?

Il se dirigea vers la porte après s'être servi un verre et lui jeta un coup d'œil par-dessus son épaule en souriant.

— Où étais-tu passée, Jess ? J'ai essayé de t'appeler plusieurs fois. Tu es sûre que tu n'en veux pas ? Je n'aime pas boire seul…

— J'étais occupée, murmura la jeune femme en devinant à ses pensées confuses qu'elle était retombée sous l'emprise magnétique de cet homme. Et non vraiment, je te remercie.

Curtis fronça les sourcils.

— À quoi bon avoir fait cette donation si l'école continue à te demander de récolter des fonds ?

— Ce n'est pas le cas. J'ai rattrapé mon retard au travail et passé du temps avec mes élèves pour les aider à préparer leurs examens.

Installé sur le canapé, Curtis pencha la tête pour l'observer sans un mot, le regard légèrement voilé. Jess soupira. À quoi s'était-il attendu ? À ce qu'elle cède à sa proposition sous l'influence de son charme irrésistible ? C'était forcément cela ; sinon, pourquoi se serait-il précipité ici comme il l'avait fait ?

Prenant son courage à deux mains, elle prit place sur une chaise en face de lui. Puis elle posa les mains sur ses genoux et pensa soudain au petit cœur qui battait en elle. Contre toute attente, elle ressentit une pointe d'excitation.

Curtis ne disait rien, son regard vert rivé sur elle.

— C'est à propos… de ce qui s'est passé entre nous il y a quelques semaines…

— Oui ? répondit-il doucement en lui adressant un regard brûlant.

— Tu te souviens quand… nous…, balbutia-t-elle sans trouver les mots.

— Quand nous avons fait l'amour ? murmura-t-il d'une voix rauque qui fit naître en elle un désir brutal et intense. Comment oublier ?

— C'était la première fois pour moi…

— Je sais… Crois-moi, ce moment est gravé en moi au fer rouge. Viens t'asseoir près de moi, Jess…

— Tu as été maladroit…

— Quoi ?

— Tu étais choqué par la situation, et pendant quelques instants tu as été maladroit dans tes gestes.

— C'est possible. Ça arrive à tout le monde.

— Curtis, la protection que tu as utilisée ne s'est pas montrée aussi infaillible que prévu.

Jess l'observa tandis que la nouvelle faisait son chemin dans l'esprit de Curtis. Son beau sourire s'effaça, et il pâlit en fronçant les sourcils.

— Que veux-tu dire ?

Au fond, elle savait qu'il avait très bien compris mais qu'il refusait tout simplement de l'admettre. N'avait-il pas déjà vécu cette situation avec Caitlin ? Forcé de faire une demande en mariage alors qu'il n'en avait pas la moindre envie. Que devait-il penser à présent ? Elle était horrifiée à l'idée de lui imposer à nouveau cette épreuve.

— Je suis enceinte, Curtis. J'ai fait un test de grossesse ce matin.

Elle tourna la tête pour ne plus voir le visage de l'homme effondré qui se tenait devant elle.

— Je me sentais obligée de te l'annoncer, mais sache que je n'attends... rien de toi, s'empressa-t-elle d'ajouter. Je sais que ton pire cauchemar est en train de se réaliser, mais je ne suis pas Caitlin.

Elle rit nerveusement et le regarda à nouveau. Il était toujours aussi pâle et inexpressif.

— Non, tu n'es pas Caitlin...

— Je ne veux rien de toi, ajouta Jess avant de se lever. Donc maintenant que c'est dit, tu es le bienvenu si tu veux partager un plat de pâtes avec moi. Mais si tu préfères t'en aller pour... réfléchir, je le comprendrai parfaitement. Pas d'urgence. Nous pourrons en reparler quand tu seras prêt.

Elle fit quelques pas en direction de la porte, mais il s'interposa pour l'empêcher de sortir et elle constata que son visage avait retrouvé quelques couleurs.

— *M'en aller* ? s'exclama-t-il d'un ton outré. *Pas d'urgence* ? Je t'appelle *quand je suis prêt* ? Quoi, la semaine prochaine, dans un mois ? Pourquoi pas l'année prochaine tant qu'on y est ? Oh oui, je vais rester dîner, Jess. Et je ne compte pas partir de sitôt. En tout cas, pas tant que nous n'aurons pas réglé cette situation !

Soudain, une rage folle s'empara de la jeune femme. Elle leva la tête vers lui, hors d'elle.

— *Régler cette situation* ? Et que suggères-tu précisément,

Curtis ? Il n'y a rien à régler du tout. Nous n'avons pas d'autre choix que d'accepter ce qui nous arrive !

— J'ai besoin d'un autre verre, quelque chose d'un peu plus fort, murmura Curtis en se passant nerveusement la main dans les cheveux avant de la regarder fixement.

Comment cela avait-il pu se produire ? Au fond de lui, il savait que Jess avait raison. Ses mains avaient tremblé. Sur le moment, il s'était aperçu que le préservatif n'avait pas été utilisé correctement, mais cette pensée s'était évaporée et il l'avait oubliée. À présent, il n'arrivait pas à croire que sa vie telle qu'il l'avait connue était sur le point de changer à jamais.

Et Jess… elle devait être aussi bouleversée que lui. D'ailleurs, ses yeux bleus et rieurs étaient maintenant remplis d'appréhension, de colère et d'incertitude.

Curtis fut soudain transpercé de douleur et de honte à l'idée d'avoir perdu le contrôle et de l'avoir blessée par ses propos maladroits.

— Retournons dans la cuisine pour parler au calme, Jess, dit-il avec douceur. N'oublions pas ce qu'il y a de plus important : nous sommes des amis, pas des ennemis.

Pour la première fois de la soirée, Jess se détendit un peu car il avait raison. Ils n'étaient pas ennemis. Loin de là.

Ils préparèrent le dîner ensemble, sans un mot. Puis, lorsqu'ils se furent installés devant leur plat de pâtes, Curtis la regarda d'un air grave.

— Tout d'abord, annonça-t-il à voix basse, tu n'es pas Caitlin et, que tu attendes ou non quelque chose de moi, sache que j'ai l'intention de m'impliquer entièrement dans cette histoire.

Il baissa les yeux vers son assiette et fit tourner des spaghettis autour de sa fourchette avant d'en prendre une bouchée et de la regarder en silence.

Jess n'avait pas grand appétit, mais elle se força à manger aussi. Au cours des mois à venir, elle ne penserait qu'au bien-être et à la santé de l'enfant qu'elle portait. Une fois de plus et malgré les circonstances, elle fut emplie d'un sentiment de joie pure à l'idée d'être bientôt mère.

— Bien sûr, je comprends, répondit-elle. Je suis heureuse que nous puissions parler de manière informelle de l'avenir et des droits de visite, même si c'est un peu prématuré…

— *Des droits de visite…* ?

Curtis avait l'air estomaqué comme s'il entendait cette formule pour la première fois de sa vie.

Ce qui était le cas, sans doute.

— Je ne pense pas que nous ayons besoin de passer par des avocats, reprit-elle. Je ne souhaite pas entrer en conflit avec toi…

Elle s'interrompit quelques secondes.

— Et puis…, hésita-t-elle, j'imagine que tu voudras m'apporter un soutien, sur le plan financier…

Voyant l'air hébété de Curtis, elle se hâta de reprendre :

— Ce n'est pas du tout une obligation. Mais quoi que tu décides de faire, je veux que tu saches que ce ne sera pas pour moi mais seulement pour le bébé.

— Si je comprends bien, tu me demandes d'acheter le lait en poudre et les couches, et de te laisser poursuivre ton job d'enseignante en essayant de joindre les deux bouts toute seule, c'est bien ça ?

Jess jeta un œil dans la pièce et esquissa une grimace. Aux yeux d'un milliardaire, même s'il s'agissait de son ami, cet endroit ne serait jamais à la hauteur. Curtis accepterait-il que son enfant vive dans une maison aussi petite ?

D'un autre côté, jamais elle ne consentirait à être une femme entretenue sous prétexte qu'elle était la mère de son enfant. Jess appréciait son indépendance et tenait à conserver son modeste salaire, même si celui-ci était infime en comparaison de ce que gagnait Curtis.

Oui, ils étaient amis, mais l'arrivée de cet enfant allait décidément bousculer beaucoup de choses.

Le quartier où elle vivait, le manque d'espace, la qualité du voisinage, tous ces sujets allaient entrer dans le champ des préoccupations de Curtis à présent. Finirait-il par réclamer la garde de leur enfant, convaincu que sa situation permettrait de lui offrir une base de vie plus saine, tout en continuant à déclarer à Jess qu'ils seraient bons amis… ?

Soudain, elle se sentit prise d'angoisse.

— L'argent ne fait pas tout, Curtis, dit-elle d'une voix faible. Pense à tous les riches que tu connais et qui ne sont pas heureux…

— William est au courant à notre sujet, déclara-t-il brusquement, et elle le regarda quelques secondes sans comprendre.

— De quoi parles-tu ?

— On nous a pris en photo pendant le mariage. Le cliché est assez inoffensif mais le texte qui l'accompagne, un peu moins. Il laisse sous-entendre clairement que nous avons une relation sérieuse.

— J'imagine que tu lui as expliqué que c'était faux, soupira-t-elle.

— Non…

— Pourquoi ? Et quand en as-tu discuté avec lui ? Je l'ai vu hier, et il ne m'en a pas dit un mot.

— Il ne voulait pas se montrer intrusif. Et je ne lui en ai pas parlé parce que je sais qu'il est fragile mentalement depuis son départ à la retraite. Et puis…

— Et puis ?

Curtis rougit légèrement et il repoussa son assiette avant de s'adosser à sa chaise en continuant de la fixer d'un air maussade.

— Il semble penser que je suis le genre de type à vouloir profiter de toi, puis à te laisser tomber quand j'en aurai assez…

— Ah…

— Que veux-tu dire par « Ah » ?

Pour la première fois depuis le début de leur conversation, Jess retrouvait suffisamment de confiance en elle pour esquisser un sourire.

— Il faut reconnaître que tu as une certaine… expérience dans ce domaine.

Curtis leva les mains au ciel en signe de reddition et il grimaça avant de lui rendre son sourire.

— J'admets que mon palmarès ne me rend pas justice. *Cela dit*, Jess, ce nouveau développement nous met clairement dans l'embarras vis-à-vis de William.

— Pourquoi ? demanda-t-elle en relevant le menton d'un air de défi. Ton parrain n'est pas né de la dernière pluie. Il sait que toutes les liaisons ne finissent pas en mariage.

— Cela arrive parfois aussi, répliqua tranquillement Curtis.

— Qu'essayes-tu de me dire ?

— Épouse-moi, Jess.

— *T'épouser* ? répéta-t-elle, incrédule.

Soudain, elle se souvint qu'il avait déjà demandé la main d'une femme qu'il n'aimait pas pour le seul bonheur de l'enfant qu'elle était censée porter…

Curtis était un type bien. C'est pour cela que Jess l'avait toujours admiré. Plus que cela même. Mais cela ne suffisait pas pour envisager une vie commune. Car au fond d'elle, elle savait que, s'il l'appréciait, la respectait et avait même fait l'amour avec elle, il n'était pas *amoureux* d'elle.

Il était prêt à faire ce qu'il fallait mais, une fois que l'enthousiasme du départ se serait dissipé, qu'arriverait-il alors ? Il enchaînerait les liaisons clandestines. Et il lui briserait le cœur.

Jess aimait Curtis. Et elle savait à présent que ce serait le cas jusqu'à la fin de sa vie. En l'épousant, elle signerait pour son malheur. N'était-ce pas pour cette raison qu'elle avait fui la tentation à Courchevel ? Pour se protéger ?

— Je ne vais évidemment pas *t'épouser*, Curtis ! s'exclama-t-elle. Pour rien au monde je ne ferais de la peine à William, mais je ne sacrifierai pas non plus ma vie entière dans un mariage sans amour. Je mérite mieux que ça. Et toi aussi.

Il la regarda en silence pendant si longtemps qu'elle crut devenir folle.

— Je ne compte pas être un parent à temps partiel, dit-il lentement.

— Que veux-tu dire ?

— Je ferai tout ce qu'il faut pour que mon enfant reçoive le meilleur de ce que la vie aura à lui offrir, ce qui inclut avoir un père à plein temps.

Une poigne d'acier dans un gant de velours, pensa Jess. Un homme tel que Curtis ne pouvait avoir gravi les échelons pour arriver au sommet sans se montrer dur quand il le fallait. Mais était-ce vraiment nécessaire en cet instant ?

— Tu me *menaces*, Curtis ?

— Je te demande simplement de prendre du recul et de réfléchir sérieusement à ma proposition. Un enfant a besoin de ses parents lorsque cela est possible, Jess. Et je me battrai bec et ongles pour cela s'il le faut.

8.

— Demain, déclara Curtis en se redressant. Nous en reparlerons demain. Tu me demandes de partir pour réfléchir au calme. Eh bien, je vais aller chez William et je compte y rester jusqu'à ce que nous trouvions une solution à ce problème.

— Non ! s'écria Jess en se levant à son tour pour venir lui barrer la route.

Les mains sur les hanches, elle le regardait fixement.

— Comment ça ?

— Il n'est pas question de me dire que tu es prêt à te battre pour ça parce que tu crois au *caractère sacré de la famille*, Curtis Hamilton. Une minute, tu affirmes que les relations sont une perte de temps et, l'autre, que nous devrions nous marier pour le bien d'un bébé !

Il serra les mâchoires.

— Les relations ne sont pas une perte de temps, marmonna-t-il. C'est l'amour qui l'est.

— Donc tu es prêt à emmener une femme à l'autel, même si tu ne l'aimes pas ?

— S'il y a un enfant impliqué, oui.

— Pourquoi, Curtis ? demanda-t-elle, sincèrement curieuse. Elle fronça les sourcils. Cet homme était toujours à l'écoute du besoin des femmes. Au sein de ses sociétés, il se montrait exemplaire pour ce qui concernait l'égalité entre hommes et femmes, s'assurant d'une parité absolue en matière de salaire et de promotion.

Alors comment pouvait-il faire preuve d'un esprit aussi

étriqué quand il s'agissait de leur situation ? Ce n'est pas comme si elle avait annoncé qu'elle refusait qu'il voie son enfant. Elle était même prête à se plier en quatre pour le satisfaire !

— Je… je ne serais pas contre une tasse de café…, murmura-t-il, visiblement mal à l'aise.

— Très bien, dit-elle en s'écartant.

L'atmosphère avait changé sans que Jess puisse précisément définir de quelle manière. Son cœur commença à battre plus vite dans sa poitrine, et elle le précéda dans la cuisine, sentant le regard de Curtis rivé dans son dos tandis qu'elle leur préparait un café. Elle savait parfaitement comment il prenait le sien : sans lait avec une grosse cuillère à café de sucre.

— Essaye de comprendre mon point de vue, dit-elle doucement en posant deux tasses du breuvage sur la petite table avant de venir s'asseoir face à lui.

Elle prit le temps d'avaler une gorgée brûlante avant de poursuivre.

— Je ne comprends pas où tu veux en venir. Je n'ai aucune intention d'entrer en conflit avec toi sur ce sujet. Et pour moi, il est évident que cet enfant aura bien deux parents. Nous ne vivrons pas ensemble, c'est tout. Nous ne sacrifierons pas notre chance de trouver le véritable amour et le bonheur avec quelqu'un d'autre sous prétexte que l'inattendu est arrivé. Tu devrais même être soulagé que je n'essaye pas de te forcer la main !

— Avant que… avant que William ne me sauve…

Curtis ferma les yeux en sondant les profondeurs abyssales de son esprit. Ça y est. Il allait se confesser. Étrangement, lui qui n'en avait jamais vu l'intérêt, considérant que son passé n'appartenait qu'à lui, il ressentait à présent un soulagement à l'idée de partager ses souvenirs douloureux avec Jess.

— Avant que William ne me sauve, répéta-t-il, j'étais dans un orphelinat.

Ses yeux rencontrèrent ceux de la jeune femme. Il aurait détesté y lire la moindre manifestation de pitié, mais il n'y en avait aucune dans son regard clair. Jess se contenta d'incliner la tête pour l'inciter à poursuivre.

— Je n'ai pas la moindre idée de qui est mon père. Il a probablement fui avant ma naissance. Je sais que ma mère était belle et brillante mais qu'elle est tombée dans la drogue quand elle a quitté l'université. William était son tuteur lorsqu'elle était étudiante. Il avait un lien paternel avec elle car il devinait sans doute sa vulnérabilité sous son intelligence. J'en sais très peu sur son enfance, hormis le fait qu'elle a été plus ou moins livrée à elle-même dès l'âge de quatorze ans. Pourtant, elle a tout de même réussi à faire des études supérieures, même si au final ses démons l'ont rattrapée. Pour faire court, William a été muté en Australie peu après que ma mère eut décidé de me faire baptiser en le choisissant comme parrain. Qui sait ? Peut-être a-t-elle eu la prémonition qu'il devrait prendre un jour le relais sur mon éducation. Quoi qu'il en soit, elle a fait une overdose alors que j'étais très jeune. J'ai été placé dans un orphelinat et j'y suis resté deux ans avant que William parvienne à retrouver ma trace et vienne me sauver.

— Je suis désolée, Curtis.

Jess hésita, tentée d'aller plus loin mais sachant qu'il se refermerait si elle le faisait.

— Tu veux que ton propre enfant ait ce que tu n'as jamais eu.

— C'est plus important que tout.

— Mais il pourra l'avoir sans que nous ayons besoin de nous marier. Comme tu l'as dit, nous sommes amis. Pas ennemis.

— C'est ce qui rend l'idée du mariage encore plus intéressante. Pas d'illusion. Et la volonté commune de faire ce qui sera le mieux pour le bébé.

Jess comprit avec consternation que c'était précisément la raison pour laquelle elle ne pourrait jamais épouser Curtis. Alors que pour lui leur amitié serait le ciment de leur accord, son besoin d'amour serait pour elle un tourment quotidien. Un rappel constant qu'elle voulait davantage de cet homme et, encore plus douloureux pour elle, une bataille permanente contre l'espoir.

— Ce mariage est impossible, Curtis. Nous devons trouver une autre solution, et j'espère que cela ne passera pas par une bataille pour la garde de notre enfant.

— Je ne le souhaite pas non plus, dit-il en se levant, plus pâle que jamais. Il faudra que nous en parlions à William.

— Oui…, murmura-t-elle en sentant son cœur se briser.

Elle avait envie de fondre en larmes, mais elle était perdue si elle y cédait. Elle savait que jamais Curtis ne prendrait le risque de faire de la peine au vieil homme. Elle non plus, à la lumière de ce qu'elle venait d'apprendre.

Pourtant, William penserait certainement que son filleul avait profité d'elle d'une manière ou d'une autre et, même si elle niait que ce fut le cas, il en tiendrait rigueur à Curtis.

Ce serait un crève-cœur.

Curtis avait insisté sur le fait que son parrain l'avait *sauvé*. Était-elle prête à mettre en péril la relation entre les deux hommes ?

De son côté, Jess pourrait surmonter le fait que leur amitié évolue. Maintenant qu'elle avait refusé la proposition de Curtis, ce serait sûrement le cas. Mais que William blâm[e] son filleul pour ce qui était advenu, c'était une autre histoire…

Alors qu'il se dirigeait vers la porte, elle le retint en posant sa main sur son bras, et il se raidit à ce contact.

Oui, leur amitié était bel et bien en train de changer.

— J'ai compris…

— Qu'as-tu compris, Jess ? répliqua Curtis avec un sourire

amer. Que mon passé tragique est responsable de mes décisions déraisonnables quand il s'agit du destin d'un bébé ?

— Non ! s'exclama-t-elle en rougissant.

— Tu veux garder ta liberté pour trouver le grand amour, et je ne peux pas t'en empêcher. Comme tu l'as dit, nous devons imaginer une autre solution. Je ferai tout ce qui est en mon pouvoir pour donner à mon enfant ce qu'il mérite, mais je ne veux pas non plus que cela passe par un conflit avec toi.

Sa voix froide et cassante la transperça comme une flèche.

— William..., murmura-t-elle en le fixant dans les yeux.

— Il finira par comprendre...

— Je sais que son opinion à ton sujet compte énormément pour toi. Crois-le ou non, cela me briserait le cœur de me dire que je vous ai éloignés l'un de l'autre. Alors voilà ce que *je* te propose...

— Je t'écoute.

— Demain, nous lui annoncerons la... situation. Et je suis prête à modifier ma version.

— Explique-toi, Jess.

— Nous pouvons prétendre pour l'instant que nous sommes en couple et que ce n'est pas juste une histoire d'un soir qui a abouti à des conséquences... inattendues. Avec le temps, il acceptera plus facilement le fait que nous nous soyons peu à peu rendu compte que nous n'étions pas faits l'un pour l'autre. Ainsi, il ne se dira pas que tu t'es comporté comme un sale type avec moi... ou que tu m'as utilisée. Ce qui n'a pas été le cas, bien entendu.

Jess baissa les yeux. Ce qu'elle venait de proposer à Curtis lui coûterait cher car elle voulait protéger son cœur meurtri, mais ce qu'il lui avait confié au sujet de son enfance l'avait bouleversée. Cette solution ne mettrait pas en péril la relation entre les deux hommes. Pour elle, c'était l'essentiel.

— J'apprécie, finit par déclarer Curtis.

Pendant quelques secondes, il fut sur le point d'ajouter

quelque chose mais, au lieu de cela, il inclina la tête comme pour la saluer.

— À demain, ajouta-t-il doucement. Je passe te prendre ?

— Je te rejoindrai au cottage de William.

Jess ne put réprimer un frisson d'appréhension face au destin qui s'offrait à elle, tissant son chemin obscur dans une direction qu'elle n'avait pas anticipée.

Il était presque minuit lorsqu'elle se glissa enfin dans son lit, et elle mit un temps fou avant de réussir à s'endormir.

Les arômes gourmands d'un déjeuner à l'anglaise flottaient dans la cuisine. Installé confortablement dans un fauteuil, Curtis sirotait un verre de vin en écoutant distraitement son parrain, tout en jetant régulièrement des coups d'œil à l'horloge car Jess devait arriver à midi. Il n'avait pas besoin d'accorder toute son attention au vieil homme car celui-ci tournait en boucle depuis le petit déjeuner. Il oscillait entre la joie de découvrir que Jess et Curtis étaient enfin arrivés à ce qu'il espérait depuis longtemps et des mises en garde afin que son filleul se comporte bien avec cette merveilleuse jeune femme.

Curtis se contentait de lui répondre évasivement tout en se réjouissant secrètement de l'idée qu'avait eue Jess.

Elle avait parfaitement saisi la situation, et il ne doutait pas qu'elle avait été influencée par ce qu'il lui avait raconté sur son enfance mais, étrangement, il en était soulagé.

C'est comme si la douleur qu'il avait portée en lui durant toutes ces années s'était soudain effacée à la minute où il s'était confié à elle. Il s'était débarrassé des démons qui le tourmentaient et savait avec une certitude absolue qu'il n'aurait pu en parler qu'à Jess.

Car il avait confiance en elle, il le comprenait à présent. Au-delà de ça, il appréciait sa compagnie. Curtis lui avait parlé de son passé et du fait qu'il était à jamais incapable d'aimer. Son cœur était froid, mais cela ne signifiait pas que tout son être était enfoui dans la glace. L'affection n'était-elle pas aussi importante que l'amour ? Et puis, le fait de s'affranchir de l'insécurité émotionnelle liée au sentiment amoureux n'était-il pas le garant d'une relation durable ?

Curtis espérait encore parvenir à la convaincre de l'épouser pour le bien-être de leur enfant à venir.

Quand la sonnette retentit, il se leva d'un bond tandis que William mettait un couvercle sur ses casseroles avant de s'essuyer les mains sur son tablier.

— J'y vais, déclara Curtis en souriant pour masquer sa nervosité. Tu ne vas tout de même pas abandonner ton ragoût d'agneau.

— Tu vas bien, mon fils ? Je t'ai trouvé très silencieux ce matin…

Pris à revers, il jeta un regard à son parrain.

— Il y a quelque chose…

— Quoi donc ? interrogea William en plongeant ses yeux bleus si perspicaces dans les siens.

— Une chose dont Jess et moi devons te parler…

Dieu merci, un second coup de sonnette lui évita de s'étendre davantage. Il se précipita dans l'entrée.

Il vaudrait mieux annoncer directement la grossesse pour éviter que ce secret plane lourdement durant le déjeuner, se dit-il en ouvrant la porte.

— Jess.

Curtis prit une grande inspiration. La veille, sous le choc, sa libido avait été reléguée au second plan mais, en l'apercevant sur le seuil, il fut à nouveau gagné par un désir violent. Elle portait son habituel manteau d'hiver ainsi qu'un bonnet en laine jaune et noir. Avec son jean délavé et ses bottes en caoutchouc, on aurait pu supposer que c'était la tenue la moins sexy du monde, et pourtant la jeune femme lui sembla plus désirable que jamais. Involontairement, il posa les yeux sur son ventre avant de les détourner rapidement.

— Tu as l'air surpris de me voir, dit-elle avec un sourire hésitant. Tu pensais que j'allais me défiler ?

— Je viens de dire à William que nous avions une annonce à lui faire…

— Déjà ? s'exclama-t-elle d'un ton alarmé.

— Pourquoi attendre plus longtemps ? Tu as peur ?

— C'est juste que je n'aime pas mentir.

— C'était ton idée, fit-il remarquer. Et d'ailleurs, je t'en suis très reconnaissant.

Il s'écarta, et elle le frôla en entrant. Puis ils restèrent face à face quelques instants dans le vestibule.

— La nouvelle de notre idylle le rend fou de joie, chuchota Curtis en grimaçant. Lui dire la vérité à ce stade aurait été un peu…

— Dévastateur ?

— Le mot est dur mais oui, répliqua-t-il en souriant. C'est pourquoi je suis soulagé que tu sois d'accord pour te livrer à cette comédie pendant quelque temps.

Jess le suivit dans la cuisine. Le cottage était douillet et confortable, sans fioritures ni espace vide. Elle aimait cet endroit. Mais c'était la première fois qu'elle s'y sentait aussi nerveuse, et elle refoula ce sentiment. Curtis avait raison. Il valait mieux qu'ils se débarrassent du sujet. Sans ce mensonge inoffensif, William aurait été anéanti à l'idée qu'ils puissent avoir un bébé ensemble sans donner la moindre chance à leur couple. Comment aurait-elle pu le blâmer ? Le vieil homme était attaché aux traditions et il était souvent déçu des choix de Curtis en matière de femmes.

— Bon, dit-il en les accueillant dans sa cuisine, les bras croisés et le regard plus perçant que jamais. Quelle est cette grande nouvelle dont vous vouliez me parler tous les deux ?

Jess lui adressa un sourire avant de l'embrasser tendrement sur la joue.

— Quelle drôle de façon de me dire bonjour, William ! dit-elle en prenant l'air faussement offensé. Mmm, qu'y a-t-il au menu aujourd'hui, chef ?

En voyant le vieil homme se détendre, elle comprit à quel point il était important pour lui que son filleul fasse les bons choix dans la vie.

— Un ragoût d'agneau. Ton plat favori. Maintenant, jeune fille, au lieu d'essayer de me distraire, vas-tu enfin m'expliquer de quoi il s'agit ?

Il s'approcha de la table en l'invitant d'un hochement de tête à venir prendre place sur l'une des huit chaises en bois massif. Ils s'installèrent tous trois près de la baie vitrée qui donnait sur le jardin parfaitement entretenu, puis elle prit une grande inspiration avant de se lancer.

— Eh bien, nous allons avoir un bébé...

L'impression troublante de naviguer à vue.

« Nous allons avoir un bébé. »

Ces quelques mots avaient suffi à brouiller tous les indicateurs. Voilà ce que pensait Jess, deux jours plus tard, assise en face de Curtis dans un salon de thé d'Ely à 3 heures de l'après-midi. Ils se regardaient l'un l'autre sans un mot, devant une théière et une assiette de scones.

Dehors, la neige menaçait à nouveau de tomber, mais à l'intérieur il faisait bon et elle ne pouvait s'empêcher d'admirer le physique viril de Curtis avec qui elle avait passé le plus clair de son temps depuis leur déjeuner au cottage, sur l'insistance de William.

« Vous vous connaissez peut-être depuis longtemps, avait annoncé celui-ci d'un air ravi, mais ce n'est pas une raison pour ne pas vous faire la cour. Vous allez avoir un bébé, et je suis peut-être un vieil imbécile mais je pense qu'il est important que vous profitiez au maximum de votre temps libre ensemble avant que ce petit bout de chou fasse la loi !

Tout en sachant que je serai plus qu'heureux de faire du baby-sitting ! »

Ils étaient donc coincés ici alors qu'elle aurait dû être en train de préparer son programme de rentrée et que Curtis était attendu pour ses affaires à Londres. Si seulement ils s'étaient contentés de communiquer par mail ou SMS… Ainsi, elle n'aurait pas eu à fournir des efforts monumentaux pour camoufler son trouble dès qu'elle se trouvait en sa compagnie.

La veille, William leur avait concocté un fabuleux dîner avant de s'esquiver pour aller au pub où il avait prévu de retrouver de vieux amis. Quand Curtis lui avait demandé de qui il s'agissait, le vieil homme était resté évasif.

— Quand a lieu la première échographie ? Tu as vu ton médecin ?

— Comment ? répondit Jess en revenant brutalement à la réalité.

Elle plongea ses yeux dans ceux de Curtis, et rougit.

— Non, pas encore…

— Il faut que tu le fasses, insista-t-il en la fixant attentivement, ce qui ne fit qu'accroître son trouble.

— J'ai été occupée.

— J'aimerais être présent au rendez-vous.

— Vraiment ?

— Bien sûr. À quoi t'attendais-tu ?

— Euh… je sais que nous faisons semblant d'être ensemble pour William, mais ton parrain ne nous écoute pas en ce moment, donc tu n'as pas besoin de montrer un intérêt à ce stade si… précoce.

— Je suis sérieux, répliqua vivement Curtis. Je veux être là à toutes les étapes de la grossesse.

Elle l'imagina à ses côtés dans une pièce obscure en train de regarder avec elle les images de l'échographie et, troublée, elle détourna le regard.

— Combien de temps penses-tu que nous devrons faire semblant d'être en couple pour… le bien de William ?

Curtis fronça les sourcils. Jess n'aurait pas pu être plus claire sur le fait qu'elle n'appréciait pas cette situation.

Bien sûr, ni l'un ni l'autre n'aurait imaginé que William insisterait autant pour qu'ils passent du temps ensemble au lieu de se parler simplement au téléphone. Mon Dieu, si elle savait à quel point son parrain était convaincu qu'ils étaient follement amoureux et que ce n'était qu'une question de semaines avant qu'ils ne se marient et choisissent un lieu pour vivre ensemble. C'est vrai après tout, pourquoi diable voudraient-ils que leur bébé naisse hors mariage ?

Curtis avait fait de son mieux pour éviter de répondre au vieil homme mais, à mesure que les jours passaient, la perspective de lui annoncer leur séparation devenait de plus en plus compliquée.

Cela aurait dû l'inquiéter mais, étrangement, ce n'était pas le cas. Il avait découvert une autre facette de la jeune femme à Courchevel. Bien qu'il la connaisse depuis des années, il ne s'était jamais aperçu à quel point Jess était drôle, intelligente et empathique. Il voulait en savoir davantage sur elle. Au fond, c'était logique. Ils allaient devenir parents, et il était normal qu'il veuille passer du temps avec elle pour savoir qui était vraiment la femme qui portait son enfant.

— William s'implique beaucoup dans cette histoire, dit-il en prenant un troisième scone. Avec le temps, il finira par comprendre que nous ne sommes pas les tourtereaux qu'il croit voir en nous. Combien de temps, ça, c'est difficile à dire…

Jess ne put réprimer un soupir.

— Je crois qu'il faudrait quand même qu'on fixe une échéance…

La perspective de devoir contrôler ses émotions encore longtemps la terrifiait. Dès qu'elle voyait Curtis, elle le désirait et se détestait de ressentir ça. Dieu merci, il n'avait plus évoqué leur mariage. Sans doute avait-il pensé au cauchemar que cela aurait été d'épouser une femme qu'il n'aimait pas. Une femme qui aurait dû s'en tenir fermement à la catégorie des amies.

— En tout cas, ajouta-t-elle, William sait que tu ne peux pas abandonner indéfiniment ton travail à Londres. Ça doit être terrible pour toi d'être bloqué ici alors que tu ne l'avais pas prévu…

— Terrible, il ne faut pas exagérer, coupa Curtis en haussant les sourcils d'un air moqueur.

Jess ignora sa remarque. Comme elle s'en voulait d'être aussi réceptive à la tonalité sexy de sa voix et au sourire enjôleur qu'il lui adressa. Une vague de chaleur la submergea, mais elle décida de ne pas en tenir compte.

— J'ai une idée qui pourrait marcher, suggéra-t-elle lentement.

Il lui lança un regard sceptique.

— Je suis tout ouïe.

— Tu retournes à Londres demain à la première heure ou même dès ce soir et tu ne reviens pas pendant un certain temps pour de multiples raisons liées à ton travail : problèmes d'équipe, réunions à l'étranger, contrats à signer, etc. Pendant ton absence, je comprends peu à peu que notre relation ne pourra pas survivre à ce mode de vie effréné. Bien entendu, je fais en sorte de rassurer William sur le fait que nous resterons les meilleurs amis du monde mais que nous ne sommes pas faits pour aller plus loin.

— Parce que je ne suis jamais là…

— Tu ne peux pas nier que tu consacres effectivement la plupart de ton temps au travail ! reprit-elle sur la défensive.

— Donc, si je résume…, murmura Curtis en la fixant jusqu'à ce que, troublée, elle détourne le regard, tu prévois d'organiser la fin de notre liaison au motif que je suis un salaud complet qui privilégie le fait de gagner de l'argent à son rôle de père.

— Nous pouvons tourner cela différemment, répliqua-t-elle, embarrassée. C'est juste une idée, Curtis, parce que nous savons tous deux que tôt ou tard nous devrons lui annoncer la vérité, et j'ai le sentiment que plus nous attendrons, plus ce sera difficile.

— Il est hors de question que je sois le bouc émissaire dans cette affaire, Jess ! J'étais prêt à t'épouser pour régler les choses correctement. C'est toi qui as refusé le mariage parce que tu attends l'homme idéal. Je ne jouerai pas le mauvais rôle dans l'histoire.

Elle le regarda fixement, un peu confuse.

Pourquoi était-ce si compliqué ? Soudain, elle fut frappée par la culpabilité en comprenant que pour Curtis il était vital d'offrir à son enfant ce que lui n'avait jamais eu. Pourtant, le fait d'avoir des parents séparés n'empêche pas d'être parfaitement heureux lorsque ceux-ci sont équilibrés et s'entendent bien. Et quoi qu'il arrive, cet enfant aurait une vie très différente de celle qu'avait eue son père.

Bien sûr, Curtis avait dû être choqué par son idée, mais au fond n'avait-il pas autant envie qu'elle d'écourter au maximum cette mascarade ?

Après ce qu'elle avait annoncé, il ne pensait tout de même pas encore qu'elle allait se précipiter à l'église pour l'épouser. Comment aurait-il pu savoir ce qu'elle éprouvait ? À quel point ses sentiments pour lui étaient profonds et quelle torture ce serait pour elle d'être à ses côtés chaque jour en sachant qu'il ne l'aimerait jamais en retour.

Soudain, une vague de désespoir envahit Jess, aussi puissante qu'un raz-de-marée, et les larmes affleurèrent à ses yeux. Comme s'il avait deviné sa détresse, Curtis lui prit la main en la regardant chaleureusement.

— Tu as peur, murmura-t-il en serrant sa main dans un geste si tendre qu'elle crut que son cœur allait éclater. Tu ne veux pas que l'incertitude de notre situation plane au-dessus de ta tête comme une épée de Damoclès…

Elle opina de la tête sans parvenir à dire un mot, et il la regarda gravement avant de reprendre :

— Je ferai en sorte que tout… se passe bien, fit-il en esquissant un sourire teinté de tristesse. William est très entêté, tu le sais. Il a organisé un petit dîner ce soir en réunissant quelques amis, mais après cela, ne t'inquiète pas, tout sera… réglé.

9.

Le dîner était prévu pour 18 h 30 car William était très à cheval sur l'étiquette. En famille, tout se passait directement en cuisine mais, lorsqu'il recevait des invités, il tenait à ce que l'apéritif soit pris au salon, et le dîner dans la salle à manger.

Jess espérait que la soirée ne serait pas trop gênante et elle ressentait déjà un pincement au cœur à l'idée d'avouer au vieil homme qu'elle ne deviendrait jamais sa belle-fille.

Comment Curtis allait-il gérer cette situation ? Il avait dit qu'il s'en occuperait… Avait-il déjà annoncé quelque chose à William ?

Les flocons tombaient en rafale lorsqu'elle enfourcha sa bicyclette pour les vingt minutes de trajet qui l'attendaient jusqu'au cottage.

Malgré ses deux couches de pulls et son bonnet en laine, Jess grelottait lorsqu'elle atteignit enfin la grande maison bordée d'un vaste parc magnifiquement entretenu.

Alors qu'elle enlevait ses mitaines, Curtis ouvrit la porte avant même qu'elle ait eu le temps d'appuyer sur la sonnette.

— Tu es en retard, dit-il en s'effaçant pour la laisser passer.

Elle cligna des yeux et le regarda fixement. Comme toujours, la vision de cet homme lui coupa le souffle. Il portait un T-shirt noir à manches longues qui soulignait la largeur de ses épaules. Avec son jean noir et sa paire de mocassins, il ressemblait exactement à ce qu'il était : un milliardaire sexy qui n'avait qu'à claquer des doigts pour que les femmes les plus belles tombent à ses pieds. Par quel miracle William avait-il pu imaginer que son filleul se soit épris d'une fille comme elle ?

— Je suis venue à vélo, répondit-elle en enlevant son bonnet avant de secouer ses cheveux couverts de flocons. Ça a pris plus de temps que prévu à cause de la neige.

— Pourquoi diable n'as-tu pas pris ta voiture, Jess ?

— Ma batterie est à plat…, dit-elle en se débarrassant de son manteau.

— Ce n'est pas possible ! Les routes sont dangereuses par ce temps. Tu aurais pu tomber. As-tu oublié que tu étais enceinte ?

— Bien sûr que non, Curtis !

Elle refoula la vague de chaleur qui l'envahit en le découvrant si protecteur car, bien entendu, il ne pensait qu'au bien-être de son enfant.

— Tu aurais dû m'appeler. Je serais venu te chercher.

— Je suis parfaitement capable de prendre soin de moi. Et j'ai été très prudente, ne t'inquiète pas.

— Il est temps que tu aies un nouveau véhicule digne de ce nom. Je vais m'en occuper.

— Sûrement pas !

— Tu sais que c'est une broutille pour moi. Ne sois pas si butée au sujet de détails sans importance.

Elle soupira mais sut qu'elle devait accepter son offre. Ce serait le prix à payer pour sa liberté. Curtis avait à cœur qu'elle et son bébé ne manquent de rien.

— D'accord, Curtis, mais je choisirai un modèle qui me semblera approprié.

Il la regarda d'un air amusé.

— Tu es vraiment unique, tu le sais ?

Elle rougit, ne sachant que répondre, mais il poursuivit, le plus sérieusement du monde.

— J'étais perturbé, murmura-t-il en lui prenant le bras.

Elle lui retrouva l'air préoccupé qu'il avait eu en lui ouvrant la porte et lui jeta un regard inquiet.

— Que se passe-t-il ?

— C'est l'invité mystère de William… Je ne pense pas que cela va te plaire…

— Tu me fais peur… Qui…

Jess ne put terminer sa phrase car un William rayonnant apparut dans le vestibule. Derrière lui se trouvait un petit homme rond avec une barbichette. Probablement un de ces anciens collègues de l'université avec qui il était resté en contact, ravi de leur faire profiter de temps à autre de ses talents culinaires.

En quoi ce personnage peut-il poser problème ? se dit-elle en avançant à leur rencontre avec un grand sourire.

— Jess ! s'exclama William en s'approchant d'elle les mains tendues.

Il était fort élégant, vêtu d'un costume bleu marine et d'un nœud papillon assorti.

— Tu es ravissante. Cette couleur te va à merveille, ma chère.

— Le gris ? répondit la jeune femme en éclatant de rire. Merci, William, je tâcherai de m'en souvenir la prochaine fois que je ferai du shopping.

Elle sentait la présence magnétique de Curtis derrière elle.

— Je ne crois pas que tu aies déjà rencontré mon ami ?

Elle jeta un œil à l'homme qui se tenait derrière William, tout sourires. La nouvelle de sa grossesse ne devait plus être un secret pour personne. Était-ce ce qui avait préoccupé Curtis ? Après tout, il fallait s'y préparer car cela se verrait tôt ou tard…

— Non, en effet…

— Permets-moi donc de te présenter Raymond. Raymond Dale. C'est notre pasteur local, et je t'annonce une merveilleuse nouvelle : il a accepté de vous marier !

— Comment… ?

— Ne restez pas dans l'entrée tous les deux ! Il fait si froid. Allons au salon. Je nous ai préparé de délicieuses bouchées.

Alors que les dernières semaines s'étaient écoulées à la vitesse de l'éclair, il sembla soudain à Jess que le temps s'était arrêté.

La soirée se déroula dans une brume confuse. Ils furent introduits au salon où William leur offrit des boissons. Raymond se montra parfaitement charmant et, au bout d'un quart d'heure, il se lança dans une série de questions concernant leurs attentes au sujet du mariage.

Jess se doutait que tout cela avait été planifié à l'avance par William qui, à ce moment-là, s'était éclipsé dans sa cuisine pour *s'occuper du dîner*, qui serait une surprise.

— Asseyez-vous donc, avait-il insisté en l'incitant à prendre place avec Curtis sur le petit canapé situé devant la cheminée, juste en face du pasteur.

Elle sentit la cuisse de Curtis contre la sienne, et son trouble augmenta lorsque celui-ci prit sa main, sans la regarder, pour la presser dans la sienne.

Se sentant piégée, Jess afficha un sourire forcé et tenta de se détendre, même si les battements fous de son cœur suffisaient à lui rappeler l'effet dévastateur d'un geste aussi anodin.

À quoi jouait Curtis, bon sang ? Bien sûr, il n'était pas question d'annoncer la vérité ce soir à William et à son ami, mais était-ce nécessaire d'encourager cette mascarade en lui prenant la main ? Et pourquoi ne s'était-il pas assis plus loin, d'ailleurs ? Dans un des fauteuils du salon, par exemple.

Elle tenta de garder un visage impassible tout en écoutant les conseils de Raymond.

— L'argent, déclarait celui-ci en sirotant son verre de sherry, est vraiment la racine de bien des maux. C'est un cliché, mes enfants, mais je vous invite à y réfléchir tous les deux pour tracer votre chemin ensemble.

Jess acquiesça. À côté d'elle, Curtis était plus loquace, confiant combien de personnes il avait vues tout perdre par excès d'ambition.

Tout en parlant, il lui serrait la main, et elle sourit faiblement. À quoi bon discuter d'un mariage qui n'aurait jamais lieu ? Et puis, c'était cruel de maintenir cette illusion face à ce pasteur qui se montrait si sincère et gentil avec eux.

Jess savait aussi qu'elle n'avait pas envie d'entrer dans la discussion car, au fond d'elle, une petite voix lui susurrait que tout aurait pu être différent. Si seulement…

Mais il n'y avait pas de place pour le moindre espoir, aussi fit-elle de son mieux pour supporter silencieusement la litanie de conseils prodigués par le vieil homme, à peine consciente des réponses que Curtis lui apportait.

Dieu merci, le dîner arriva enfin et il se révéla exquis. La conversation prit une tournure plus générale, et Jess parvint à se détendre un peu. Elle tenta à plusieurs reprises de capter le regard de Curtis, mais l'attention de celui-ci était concentrée sur son parrain et son ami.

Alors, elle laissa son esprit divaguer en se rappelant ses parents et à quel point l'amour les avait unis tout au long de leur mariage. Connaîtrait-elle un jour un tel bonheur ?

Son adolescence difficile l'avait tenue éloignée des flirts avec les garçons de son âge. Au lieu de cela, elle s'était tournée vers la littérature et, dès qu'elle le pouvait, le ski. Si seulement elle avait expérimenté un ou deux chagrins d'amour comme ses amies, peut-être aurait-elle été davantage protégée contre les rêves et les attentes irréalistes qui la tourmentaient aujourd'hui.

Tandis que la soirée touchait à sa fin, Jess se dit que Curtis et elle étaient tellement conditionnés par leurs origines que jamais ils ne pourraient s'accorder.

Alors que sa propre vie rangée et douillette l'avait préparée à suivre un parcours prévisible et à fonder une famille, celle de Curtis, chaotique, l'avait précipité sur un chemin différent.

Quel malheur qu'elle soit tombée amoureuse de lui… Elle devait maintenant affronter la perspective de faire sa vie sans lui, même si leur enfant les unirait pour toujours.

— Tu as été bien silencieuse ce soir, ma chère.

Jess revint brusquement à la réalité et cligna des yeux en direction de William qui la regardait avec une inquiétude toute paternelle. Son cœur se serra à l'idée de la déception qui allait accabler le vieil homme en apprenant que ce mariage qui lui tenait tant à cœur n'aurait finalement pas lieu.

Raymond se préparait à partir et complimentait William sur la qualité de son dîner.

Elle jeta un coup d'œil par la fenêtre. La neige tombait en rafales, encore plus fort que tout à l'heure.

Ils se dirigèrent vers la porte d'entrée. Raymond déclina la proposition de William de rester dormir au cottage en attendant que la tempête se calme. Son vaillant 4x4 le ramènerait sain et sauf chez lui, et il n'y avait aucun risque que le sort l'empêche de marier le filleul de son cher ami à sa compagne.

Jess sourit faiblement, consciente de la main de Curtis qui reposait légèrement sur le bas de son dos tandis qu'ils se regroupaient dans le vestibule pour récupérer leurs manteaux.

— Bon, déclara Raymond en faisant un clin d'œil à William avant de leur adresser à tous un grand sourire, je suis prêt à vous marier tous les deux dès que vous le souhaitez. Bien sûr, il reste quelques menus détails à régler, mais je ferai mon possible pour organiser la cérémonie quand cela vous conviendra !

— Je pense que le plus tôt sera le mieux pour ces enfants, répliqua William en leur souriant. Avec un bébé en route, à quoi bon perdre du temps ?

— C'est vrai, murmura Curtis.

Jess lui jeta un regard en coin, mais ce dernier avait les yeux fixés sur Raymond qui feuilletait l'agenda qu'il avait sorti de la poche de son manteau.

— Il n'y a pas d'urgence, rétorqua-t-elle à voix basse.

— D'ici une quinzaine de jours, Raymond ? enchaîna William sans tenir compte de sa remarque. Ainsi, vous aurez le temps de réfléchir à l'endroit où vous comptez vous installer, ajouta-t-il à l'adresse de Jess et de Curtis. Bien sûr, je pourrais vous dire que ce serait une folie d'élever un bébé dans le centre de Londres, aussi grand que soit le manoir, mais ce n'est que l'opinion d'un vieux fou…

Les mots résonnaient encore dans les oreilles de Jess quand, cinq minutes après le départ du pasteur, William offrit les services de son filleul pour la raccompagner chez elle.

— Cela dit, ma chère, tu es plus que la bienvenue ici. Curtis, ta chambre est prête, et le lit double devrait faire l'affaire, n'est-ce pas ? acheva-t-il en lui faisant un clin d'œil.

Jess se hâta de répliquer qu'elle devait rentrer chez elle et patienta, légèrement paniquée, le temps que Curtis aille ranger son vélo dans le garage.

Ce n'est qu'une fois dans la voiture, quand Curtis démarra, qu'elle se tourna vers lui en se retenant d'exploser.

— Qu'est-ce que c'est que cette histoire ?

Les poings serrés sur ses genoux, elle l'observa de profil tandis qu'il manœuvrait calmement le 4x4 pour s'engager sur le chemin qui les menait à la grande route.

Alors qu'elle avait été dans un état de panique durant la quasi-totalité du dîner, aspirée dans un piège qu'elle n'avait pas vu venir, Curtis avait au contraire gardé un calme olympien, ne tentant absolument rien pour éviter la tempête qui menaçait à l'horizon.

Si seulement Jess avait été capable de déchiffrer ses pensées derrière la façade charmante qu'il affichait en permanence. Cet homme avait un talent réel pour dissimuler ce qu'il avait en tête. Sans doute devait-il être aussi alarmé qu'elle face à la situation dans laquelle ils se trouvaient à présent.

— Il semble que William ait à cœur d'accélérer les choses, murmura Curtis

— C'est *tout* ce que tu as à dire sur le sujet ? s'écria-t-elle sans pouvoir réprimer un sanglot de frustration.

— J'ai besoin de me concentrer sur la route, répliqua-t-il tandis que dehors la tempête faisait rage de plus belle.

Elle parvint à garder le silence jusqu'à ce qu'ils arrivent devant sa maison et qu'il coupe le moteur.

— Avant que tu te lances dans un résumé dramatique de la soirée, entrons chez toi, reprit Curtis en détachant sa ceinture de sécurité. J'ai besoin de me réchauffer autour d'une tasse de café.

Il n'était pas nécessaire de regarder Jess pour comprendre que le dîner l'avait horrifiée. Son silence avait été révélateur. Curtis avait *senti* la tension derrière les réponses laconiques de la jeune femme et il avait fait de son mieux pour donner le change.

En réalité, il avait été aussi surpris qu'elle en découvrant la présence du pasteur. Et s'il avait été également choqué par la façon dont son parrain et son ami avaient hâté le déroulement du mariage, il était parvenu à contrôler ses réactions.

Impossible de faire un esclandre.

Au fond, était-ce vraiment surprenant de la part de William ? Curtis comprenait à présent à quel point il était vital pour le vieil homme que son filleul se range et abandonne la vie dissolue qui avait été la sienne jusqu'alors.

Il savait que son parrain était très attaché aux valeurs traditionnelles, mais ils n'en avaient jamais parlé directement ensemble.

Curtis devinait que William avait été désespéré de le voir enchaîner les liaisons brèves. Il avait été soulagé en apprenant qu'il avait rompu ses fiançailles avec Caitlin mais, depuis, le retour de son filleul à sa vie dissolue avait été une source de profonde inquiétude et de déception.

Maintenant que lui et Jess étaient ensemble avec un bébé en route, William était le plus heureux des hommes. Curtis n'était donc pas étonné que son parrain, soucieux qu'il ne reprenne pas ses mauvaises habitudes, prenne les choses en main pour que tout se déroule comme prévu, et le plus tôt possible.

Le fait qu'il désire *réellement* épouser la mère de son enfant à naître était pour Curtis une source de frustration intense. Car tout au long de la soirée, il avait jeté des coups d'œil furtifs à Jess et il connaissait suffisamment la jeune femme pour comprendre qu'avec cette pression soudaine elle était encore moins disposée à accepter sa demande qu'elle ne l'avait été au départ.

Elle n'avait pas envie de se marier avec lui. Même si elle l'aimait bien et s'ils étaient sexuellement attirés l'un par l'autre, elle n'envisageait clairement pas de passer le reste de sa vie avec lui. Visiblement, il n'était pas à la hauteur.

Et tandis qu'il enlevait son manteau dans l'entrée de la petite maison de Jess, Curtis comprit soudain que cette idée lui faisait *mal*.

Comment était-ce possible ? Alors qu'il avait passé sa vie à se protéger de toute souffrance émotionnelle.

L'espace de quelques secondes, Curtis se sentit en proie à une grande confusion, mais très vite il vit plus clair dans ses pensées : ce ne pouvait être qu'une blessure d'orgueil.

Tout en suivant Jess jusqu'à sa minuscule cuisine, il tenta de se convaincre que c'était la seule explication possible à son trouble.

— Alors ? demanda-t-elle, les bras croisés tandis qu'il prenait place sur l'une des chaises qui lui avaient toujours paru trop étroites pour lui.

Jess le fixa de ses yeux bleu marine, et il se sentit mal à l'aise, lui qui n'avait pas l'habitude d'être sur la défensive.

— Est-ce que ça va être un sujet de dispute entre nous ?

— Oui, c'est tout à fait possible, Curtis !

— Tu ne veux pas t'asseoir au lieu de me regarder comme un aigle prêt à fondre sur sa proie ?

— Comment diable as-tu pu faire croire à William que nous allions nous marier *dans une quinzaine de jours* ?

— Si ma mémoire est bonne, nous étions présents tous les deux quand il a fait cette annonce.

Mais pourquoi n'arrivait-il pas à réfléchir correctement, lui qui avait une facilité naturelle pour contourner les problèmes et aller droit au but ?

Cette femme avait réussi à percer ses défenses.

Voilà la pensée qui s'insinua tout à coup dans son esprit. Ce n'était pas parce que son ego était un peu meurtri. Il souffrait parce que… Jess avait réussi à franchir les barrières qu'il avait érigées, et il se sentait à présent vulnérable. Exposé.

À quel moment était-ce arrivé ? C'était avant qu'ils couchent ensemble, avant qu'il prenne conscience de leur attirance physique. Avec une clarté aveuglante, Curtis comprit soudain qu'elle avait avancé au plus profond de lui et que peu à peu elle s'était emparée de son cœur.

Jess lui avait montré clairement qu'il n'était pas fait pour elle, et il savait qu'il n'y avait aucun moyen de lui forcer la main. D'ailleurs, il ne le souhaitait pas.

La profondeur de l'amour ne se mesure-t-elle pas à la capacité douloureuse de s'éloigner, si c'est ce que veut la personne que l'on aime ?

Parce qu'il aimait cette femme, il le découvrait à présent. Il aimait tout d'elle, ses sautes d'humeur, son rire, son esprit généreux et son sens de l'humour si comparable au sien. Il aimait cette femme parce qu'elle le comprenait comme personne d'autre au monde, y compris son parrain.

Et s'il devait perdre l'estime du vieil homme en la laissant partir selon son désir, alors qu'il en soit ainsi.

Soudain Curtis ne fut plus capable de soutenir son regard et il se détourna.

Jess avait le sentiment que les murs se refermaient autour d'elle. C'était une chose de soutenir un petit mensonge innocent sur une durée déterminée. C'en était une autre d'être au centre d'un projet bien précis qui devait voir le jour très prochainement.

À la simple idée d'être unie à Curtis pour la vie, piégée auprès d'un homme qui ne l'aimait pas et qui, inévitablement, lui en tiendrait rigueur, l'angoisse la gagnait tout entière.

— Comment peux-tu être aussi... calme ? demanda-t-elle à voix haute. Avais-tu la moindre idée de ce qui allait se passer ce soir ? William t'avait-il dit quelque chose ? Pourquoi veut-il qu'on se marie dans deux semaines ?

— Tu as l'air horrifiée, fit Curtis.

— Bien sûr que je le suis ! Pas toi ?

— Ce mariage était mon idée au départ ; donc, non, je ne le suis pas autant que toi.

— Je ne peux pas me marier pour le simple bien d'un enfant, Curtis ! Nous en avons déjà parlé. Cela finirait par nous détruire tous les deux, et tu le sais.

Elle l'imagina en train de se faufiler au milieu de la nuit pour aller retrouver je ne sais quelle petite blonde et lui faire l'amour en se plaignant de la mégère que son parrain l'avait forcé à épouser.

Jess savait que Curtis n'était pas le genre d'hommes à entretenir des liaisons clandestines, mais qui sait comment quelqu'un peut réagir dans certaines circonstances ?

Mariée à lui mais le cœur brisé, voilà un destin dont elle ne voulait pas. Dans la mesure où elle serait pour toujours liée à lui puisqu'ils allaient avoir un enfant ensemble, ne serait-il pas moins douloureux de rompre clairement dès que possible ?

Perdue dans ses pensées, elle ne s'aperçut pas que Curtis avait pâli et qu'il serrait les mâchoires. Elle tourna la tête vers lui tandis qu'il se levait pour partir. Elle lut une telle détermination dans son regard qu'elle faillit tendre la main pour l'en empêcher.

— Tu comprends où je veux en venir, n'est-ce pas ?

murmura-t-elle d'une voix anxieuse en le suivant jusque dans l'entrée où il commença à enfiler son manteau.

— Bien sûr, répliqua-t-il froidement. Tu as été on ne peut plus claire.

— Il est important que nous restions amis, reprit Jess d'un ton légèrement paniqué à l'idée de le voir s'éloigner si brusquement. Nous l'avons toujours été et nous devons le rester maintenant qu'il y a un… bébé en route. Nous savons tous les deux qu'un mariage serait voué à l'échec sans… amour.

Elle eut un petit rire qui ressemblait davantage à un sanglot et resta silencieuse. Il la regarda sans un mot.

— Il faut que nous prenions un peu de recul et que nous réglions cette question de manière civilisée et amicale ! reprit-elle. Je suis prête à accepter ce que tu voudras.

Elle pensa à quel point elle avait été puérile et mesquine de refuser ses propositions pour améliorer son confort…

— Je suis parfaitement d'accord avec toi sur le fait que ma maison est trop petite pour élever un enfant…

Jess s'interrompit quelques secondes, espérant qu'il allait saisir la perche qu'elle lui avait tendue en reprenant son ton taquin mais, voyant qu'il gardait un silence déconcertant, elle reprit de plus belle :

— Donc nous pouvons tout à fait envisager de trouver un endroit un peu plus spacieux…

Pas de réaction et toujours cette expression figée et glaçante. Cet homme allait la rendre folle.

— Je ne vais pas me battre pour ça. Je sais que tu penses que le mariage est la meilleure solution mais, si tu prenais la peine d'y réfléchir, tu conviendrais que nous finirions par nous détester.

— Et sur ces mots, je vais te laisser, dit Curtis à voix basse en se tournant vers elle pour la regarder. Si cela peut te faciliter les choses, je serais heureux de demander à un de mes avocats de régler tous les détails pratiques.

— Non ! s'écria-t-elle. Pourquoi ferais-tu une chose

pareille, Curtis ? Nous sommes amis, pas ennemis. N'est-ce pas ce que tu as dit ?

— Dans certaines situations, il est parfois nécessaire d'être clair et précis, Jess. Je ne veux pas que tu te sentes mal à l'aise d'avoir affaire à moi alors que tu voudrais que je... m'écarte.

— Non ! répéta-t-elle en résistant à l'envie de le retenir.

Au lieu de cela, elle croisa les bras et le fixa, se demandant confusément comment ils avaient pu en arriver à cette situation catastrophique alors qu'elle tentait d'arranger les choses de la meilleure façon possible.

— Je ne veux pas entendre parler d'avocats !

— Parce que ça ne se fait pas entre amis ? Mais qu'en est-il lorsque ces amis ont couché ensemble ?

Jess rougit violemment, ne sachant que répondre.

— Concernant ton vélo, je veillerai à ce qu'il te soit ramené le plus tôt possible, reprit Curtis d'une voix calme et impersonnelle. Quant à mon parrain, tu n'as plus à t'inquiéter de te retrouver dans une situation gênante avec lui ni d'avoir à prétendre quoi que ce soit. Dès demain matin, je lui expliquerai la situation.

Jess blêmit en imaginant la déception de William qui allait passer de l'euphorie la plus totale à la tristesse d'apprendre qu'il n'y aurait pas de mariage et cela, en moins de vingt-quatre heures – donc sans aucun temps d'adaptation comme elle l'avait souhaité en suggérant cette mascarade.

— Si tu décides de le contacter à ton tour pour lui donner ta version de l'histoire, alors très bien, poursuivit Curtis. Sinon, cela ira aussi.

Il tourna les talons et se dirigea vers l'entrée. Elle le suivit, bouleversée par la tournure qu'avait prise la situation et blessée par la froideur qu'il affichait à présent.

— Bien entendu, dit-il en se tournant une dernière fois vers elle, la main sur la poignée de la porte, nous resterons en contact et nous devrons nous voir régulièrement pour discuter de la marche à suivre puisque tu ne souhaites pas que des avocats s'en chargent. Mais sois rassurée sur un point : je n'envahirai pas ton espace de quelque manière que ce soit.

Il ouvrit la porte et posa sur elle un regard adouci tandis qu'une rafale de vent mêlée de flocons s'engouffrait dans la maison.

— Il n'est pas question que je me mette en travers de ton chemin, Jess. Tu mérites d'être heureuse… Au fond, c'est tout ce qui compte.

10.

Jess fit halte devant la maison de William et descendit de sa bicyclette.

La tempête de neige de la semaine précédente avait laissé place à un ciel bleu et à un froid glacial.

Les conditions n'étaient toujours pas idéales pour faire du vélo, mais sa voiture l'avait lâchée une fois de plus et elle attendait de recevoir celle que Curtis s'était engagé à lui offrir. Tous deux avaient gardé un contact quotidien depuis leur dernière discussion, dix jours auparavant.

Jess avait mentionné le fait qu'elle se rendait à l'école à vélo, faute de mieux, et Curtis avait aussitôt proposé de remédier à la situation en lui commandant un nouveau véhicule qui, selon ses propres termes, serait équipé d'un moteur un peu plus moderne que son *vieux tacot*.

Elle n'avait pas insisté. Depuis la soirée chez William, Curtis s'était comporté en parfait gentleman. Bien sûr, il était impossible de savoir ce qu'il ressentait précisément. C'était si différent d'être face à quelqu'un plutôt que d'entendre une voix désincarnée ou de lire un SMS, mais, fidèle à sa parole, il avait expliqué la situation à son parrain.

« Comment… comment l'a-t-il pris ? » lui avait demandé Jess, anxieuse.

« Il l'a accepté. Comme nous devons tous le faire avec ce qu'on ne peut pas changer. »

Pas très fière d'elle, Jess avait laissé passer un peu de temps avant de revoir William et elle s'était abstenue d'approfondir le sujet avec Curtis.

Quelque chose avait évolué dans sa relation avec lui sans qu'elle parvienne à mettre le doigt dessus. Avec le recul, elle comprenait que leur histoire avait été une succession d'étapes : du confort de l'amitié à la naissance du sentiment amoureux, du besoin désespéré de se libérer à une attraction magnétique intense, de la passion charnelle à la tristesse d'accepter un amour qui ne serait jamais réciproque.

Et à présent, Jess était plus malheureuse que jamais. Alors qu'elle partageait avec Curtis le projet le plus intime qui soit – attendre un bébé ensemble –, elle ne s'était jamais sentie aussi éloignée de lui. Il avait été une présence constante tout au long de sa vie pour le meilleur et pour le pire, mais maintenant elle devinait que tout avait changé.

Bien sûr, Curtis faisait ce qu'il fallait car au fond c'était un homme bon. Il s'inquiétait pour Jess, cherchait à lui rendre la vie aussi facile que possible. Il lui demandait régulièrement si elle mangeait bien et si elle était en forme. Ils avaient aussi commencé à évoquer les modalités du logement qui, lui avait-il précisé, prendraient du temps. Il fallait donc régler cette question le plus tôt possible car Curtis préférait que leur bébé naisse à l'endroit où il grandirait, afin d'éviter les bouleversements inconfortables liés à un déménagement.

Jess lui avait demandé où il comptait s'installer de son côté, et il était resté aussi évasif que possible.

« Je songe à investir dans une maison plus proche de chez William », avait-il répondu. « Et à proximité de chez vous pour que les visites soient aussi régulières que possible… »

De toute évidence, Curtis était désireux d'assurer son bonheur et, à cette fin, il était disposé à faire ce qu'elle voudrait.

Finalement, tout se passait beaucoup mieux que ce qu'elle avait espéré, se dit-elle, pleine d'optimisme en posant son vélo contre le mur du cottage.

Jess avait défini ses règles et refusé catégoriquement un

mariage qui, Curtis finirait par l'admettre, les aurait rendus malheureux tous les deux. Et il avait accepté. Au bout du compte, ils avaient trouvé un terrain d'entente harmonieux et ils pouvaient désormais communiquer comme deux adultes civilisés qui partageaient un intérêt passionné pour l'enfant qu'ils avaient conçu ensemble.

William serait forcément satisfait du résultat, se dit-elle en appuyant sur la sonnette. Mais à la seconde où le vieil homme apparut sur le seuil de la porte, elle sentit son cœur se briser. Elle lui adressa un sourire empli de tristesse et entra dans la maison, la gorge nouée.

— Inutile d'être aussi nerveuse, lui dit William en l'invitant à le suivre dans la cuisine. J'étais un vieil idiot de penser que vous pourriez vous marier.

Bouleversée, Jess prit place autour de la table et accepta une tasse de thé tandis qu'il lui demandait des nouvelles de sa santé tout en déplorant le fait qu'il avait manqué de perspicacité et s'était totalement emballé dans cette affaire.

Pas une seconde, ses accusations ne portaient vers *elle*, et Jess devina que ces dernières étaient mentalement dirigées contre son filleul. Son cœur se serra quand elle se souvint à quel point Curtis souffrait à l'idée de décevoir William, la seule personne au monde qu'il aimait et qu'il respectait.

C'est pourquoi, lorsque le vieil homme fit une pause dans son long monologue, elle prit son courage à deux mains et déclara timidement :

— Vous ne devriez pas blâmer Curtis. Il n'est en rien responsable de cette situation.

— En vouloir à mon filleul ? s'exclama William en s'installant face à elle avec sa tasse de thé. Je n'y pensais même pas ! C'est moi qui suis fautif. Mes attentes étaient trop grandes. J'ai juste oublié que le monde d'aujourd'hui n'est plus tout à fait le même que celui dans lequel j'ai vécu.

— C'est Curtis qui a suggéré que nous nous mariions,

répliqua Jess calmement. C'était important pour lui à cause de ce qu'il avait vécu enfant.

William s'immobilisa et lui jeta un regard prudent.

— Explique-toi, chère enfant.

— Eh bien, vous savez… le fait d'avoir été dans un orphelinat pendant deux ans, murmura Jess en baissant les yeux. Grandir sans la stabilité et la sécurité affective dont un enfant a besoin parce que sa mère… a échoué dans cette tâche. C'est tout cela qui a poussé Curtis à me demander en mariage. Il voulait s'assurer que son enfant ne vivrait jamais la même chose que lui. Et c'est moi qui ai rejeté sa proposition.

Jess leva les yeux vers lui, mais pour une fois elle ne lut rien sur le visage habituellement si expressif du vieil homme. Elle hésita quelques instants, mais plus rien ne pouvait la retenir à présent. Elle devait aller jusqu'au bout.

— Il me fallait plus qu'un engagement pour le simple devoir de bien faire. Je voulais de l'amour parce que, sans cela, notre mariage était voué à l'échec. Je ne pouvais supporter l'idée que nous finirions par nous disputer et par être malheureux dans une relation dénuée de sentiments et, surtout, je savais que cela serait désastreux pour notre enfant.

— Curtis t'a parlé de son passé ?

— Oui.

— Et tu ne t'es pas dit que c'était une raison suffisante pour vous marier ? Ça et le fait que tu sois amoureuse de lui…

— Mais il ne m'aimera jamais en retour ! s'écria-t-elle avant de rougir violemment. Je veux dire… que…

— Ma chère, il est inutile de s'attarder sur ce sujet, répondit William en lui lançant un regard empli de tendresse.

Soudain, il sembla à Jess que quelque chose avait changé dans l'atmosphère. Son hôte en tout cas paraissait beaucoup plus joyeux qu'à son arrivée et il insista pour qu'elle reste dîner en sa compagnie.

— Tu ne laisserais pas un vieillard comme moi prendre

son repas tout seul, n'est-ce pas ? En plus, tu as besoin de reprendre des forces.

Soulagée de s'être confiée, Jess aurait accepté n'importe quelle invitation. Il n'était pas encore 17 heures, et elle avait des copies à corriger mais qu'importe. Tout plutôt que de passer une soirée chez elle, toute seule, à broyer du noir.

— J'ai juste un coup de fil à passer, précisa William en souriant.

Jess acquiesça et se servit une autre tasse de thé tandis que le petit homme se rendait au salon où se trouvait le téléphone. Comme elle avait été stupide de s'inquiéter à ce point au sujet de cette discussion avec William. Bien sûr qu'il allait comprendre la situation ! Ce n'est pas parce qu'il était l'un des derniers habitants du comté à faire encore usage d'un téléphone fixe qu'il n'était pas ouvert d'esprit !

Curtis était en route vers Londres, après une réunion qui avait eu lieu non loin d'Ely lorsqu'il reçut un appel téléphonique et qu'il déclencha le Bluetooth de sa voiture.

William.

Son cœur se serra. Depuis qu'il avait annoncé à son parrain que le mariage avec Jess n'aurait pas lieu, il avait parlé à plusieurs reprises avec lui. À chaque fois, il avait raccroché en se disant tristement que rien ne serait plus pareil entre eux. Et s'ils devaient redevenir proches un jour, cela prendrait beaucoup de temps.

Curtis frissonna en se rappelant ce moment éprouvant où il avait expliqué à William que, si Jess et lui resteraient les meilleurs amis du monde et qu'ils seraient liés à jamais par l'enfant qui les unissait, ils ne se marieraient pas. Il avait insisté en précisant que cette décision était commune et partagée, et qu'ils demeureraient proches. Il avait même ajouté en serrant les dents qu'il souhaitait à Jess tout le bonheur possible avec l'homme qu'elle aimerait.

Il avait hésité à faire un saut à Ely après sa réunion, mais ses relations avec William étaient encore tendues et il y avait renoncé, préférant attendre la semaine suivante pour laisser son parrain digérer la nouvelle.

De son côté aussi, il avait besoin de temps avant d'être prêt à revoir Jess. Ils s'étaient parlé au téléphone et avaient échangé des messages, mais la revoir en chair et en os, c'était une autre histoire…

Tentant et éprouvant à la fois.

Il répondit à l'appel, et son cœur fit un bond en entendant les mots de William.

— Fils, tu dois venir ici dès que possible !

Jess était en train de couper des tomates en écoutant une des émissions favorites de William à la radio quand la sonnette de la porte retentit. Le vieil homme, qui semblait distrait, avait passé les quarante-cinq dernières minutes à s'agiter dans la cuisine, détaillant la recette du roux qu'il était en train de préparer tout en critiquant gentiment la façon dont elle épluchait les légumes.

Il laissa tomber sa cuillère en bois pour se précipiter dans l'entrée. Prise dans ses pensées, Jess fut vaguement consciente d'un bruit de voix dans le couloir, mais ce n'est que lorsque la porte de la cuisine s'ouvrit qu'elle se retourna pour voir ce qui se passait.

La dernière personne qu'elle s'attendait à voir était Curtis, et son cœur s'emballa dans sa poitrine en le découvrant si beau. Il était vêtu d'un costume gris anthracite et d'une chemise blanche, mais les traits de son visage étaient tirés.

De toute évidence, il avait l'air *fatigué*.

Il s'immobilisa sur le seuil de la porte, et ils se fixèrent sans tenir compte de la présence de William à leurs côtés. Ce n'est que lorsque ce dernier s'avança dans la pièce pour se mettre face à eux qu'elle se souvint qu'il était là.

— Mes enfants, vous avez grand besoin de discuter tous les deux, et je me suis dit qu'il était de mon devoir de provoquer cette occasion. Je vais faire un tour pendant une heure ou deux et, quand je reviendrai, je veux que vous soyez revenus à la raison. Vous vous aimez, et il est temps d'arrêter de vous torturer comme vous le faites !

Sur ces mots, il se dirigea vers la porte et, avant de disparaître, il se tourna vers Jess et lui jeta un regard en coin.

— Et ces carottes, ma chère, ont encore besoin d'être coupées en julienne…

— Jess…

Curtis fut le premier à rompre le silence tandis qu'elle essayait en vain d'apaiser le tumulte de ses pensées. Maintenant qu'il était là devant elle, elle comprenait à quel point le magnétisme de cet homme n'avait rien perdu de son efficacité. Comme elle avait été naïve de croire que le fait d'être loin de lui pourrait entamer la force de son amour… C'était tout le contraire.

— Qu'est-ce que tu fais là ?

— William m'a appelé il y a une heure en me pressant de venir ici. J'étais en route vers Londres. J'ai pensé qu'il y avait un problème…

— Curtis…

— Je suis content d'être là, Jess. Il faut qu'on parle. J'en ai besoin.

— Ne l'avons-nous pas déjà fait ?

Jess sentit ses oreilles bourdonner en se rappelant les affirmations de William. Comment avait-il pu dévoiler ainsi ce qu'elle lui avait confié ? Et avoir si mal interprété ce que son filleul ressentait pour elle…

— Au sujet de ce qu'a dit ton parrain…

Elle s'interrompit avec un petit rire faussement joyeux.

— Il a raison, murmura Curtis.

— Pardon ?

— Allons au salon, Jess.

— Je ne comprends pas… Comment a-t-il pu penser que je… que…

Ses joues la piquaient. Elle devina qu'elle était rouge comme une pivoine et qu'elle se trahissait en parlant.

Elle le suivit, tentant de mettre de l'ordre dans son esprit afin de trouver une issue la plus digne possible à la situation embarrassante dans laquelle William l'avait plongée.

Une fois assise sur le canapé à ses côtés, elle se pencha vers Curtis, les mains posées sur ses genoux, toute son attention fixée sur son beau visage.

Il n'avait pas seulement l'air fatigué. Il semblait épuisé.

— Tu travailles trop, murmura-t-elle sans réfléchir.

Elle comprit aussitôt que sa remarque qui aurait dû ressembler à de l'inquiétude avait sonné comme une accusation. Au fond, c'était vrai. Avec l'arrivée de son enfant, il allait falloir qu'il abandonne ce rythme effréné. Et puis l'attaque lui semblait être sa meilleure ligne de défense pour calmer les battements fous de son cœur.

— Tu vas devoir changer ton mode de vie si tu veux avoir une relation saine et solide avec ton enfant, insista-t-elle. En plus, l'excès de travail est mauvais pour la santé.

— Je n'ai pas travaillé, répliqua lentement Curtis.

— Mais qu'as-tu fait alors ? Tu as l'air éreinté. Non, ne me dis pas, ajouta-t-elle en se rappelant qu'il y avait d'autres activités susceptibles de fatiguer un homme.

— J'ai pensé à toi.

Bouleversée, Jess détourna le regard sans parvenir à prononcer un mot.

Curtis se pencha vers elle, et elle réprima une envie aussi soudaine que puissante de le toucher.

— Je t'ai demandé de m'épouser, reprit-il avant de prendre une grande inspiration et de s'interrompre quelques secondes avant de poursuivre. Je te l'ai présenté comme une sorte de contrat qui garantirait une stabilité dont je n'ai jamais bénéficié. Bien entendu, tu avais raison. Un mariage n'est pas un gage d'équilibre dans un couple, et deux personnes qui partagent le même objectif peuvent parfaitement fournir un environnement stable à un enfant, même s'ils ne vivent pas ensemble.

— Tu vois ? s'exclama Jess, mais son affirmation n'était pas aussi confiante qu'elle l'aurait souhaité.

— J'ai commis une erreur, déclara Curtis avant de s'interrompre comme s'il cherchait à retrouver son souffle.

Jamais elle ne l'avait vu aussi hésitant, et c'était déconcertant de la part d'un homme qui avait toujours mené sa vie d'une main de fer.

— J'aurais dû être honnête avec toi mais, en toute sincérité, cela aurait signifié que je le sois d'abord avec moi-même et je ne savais pas du tout comment faire.

— Je ne comprends pas ce que tu essayes de me dire, Curtis.

— Je n'ai jamais cru en l'amour, Jess, tu le sais bien. J'ai toujours été franc avec toi à ce sujet... et avec chaque femme avec qui je suis sorti. Pas d'amour, cela signifiait pas de souffrance et c'est ce que je recherchais car j'avais suffisamment souffert enfant pour le reste de ma vie. Jamais je n'ai laissé mes sentiments prendre le contrôle. Mais toi, tu t'es glissée sous mes défenses... Quand exactement ? Je l'ignore. Je sais juste que nous avons couché ensemble et que quelque chose s'est libéré en moi, même si je n'en étais pas conscient à ce moment-là. Et encore moins des conséquences que cela aurait...

Il la regarda de ses grands yeux verts et tendit timidement la main vers elle. Elle effleura doucement ses doigts des siens, et il soupira de soulagement.

— Jamais je ne te ferai du mal, Jess. J'étais prêt à m'éloigner pour te laisser la liberté que tu revendiquais. Celle de trouver l'homme qui te conviendrait. Mais je ne pourrai plus me regarder dans un miroir si je ne te dis pas avant ce que je ressens pour toi.

— Ce que tu ressens pour moi..., répéta-t-elle comme

si son cerveau peinait à suivre le rythme des paroles qu'elle entendait.

— Tu es tout pour moi, Jess. Je me rends compte à présent que d'une certaine façon cela a toujours été le cas. Tu as été mon socle, et je crois que je ne l'ai vraiment compris que lorsque nous avons fait l'amour. Est-ce trop exagéré de parler de… magie ?

— Non ! répondit Jess avec bonheur. Je crois que c'est le mot parfait.

Elle s'autorisa enfin à lui caresser la joue, et il prit sa main entre les siennes pour déposer un tendre baiser au creux de sa paume.

— Je suis amoureuse de toi depuis si longtemps, Curtis. Ce n'est que lorsque tu t'es fiancé à Caitlin que j'ai compris que je risquais de devenir une de ces vieilles filles tristes qui passent leur vie à se languir d'un homme qui ne veut pas d'elles et qui finissent par combler ce vide avec… je ne sais pas… des chats, des peluches ou des rencontres en ligne stupides…

— Et c'est maintenant que tu me dis ça…

— Je n'avais jamais rêvé que nous finirions un jour au lit ensemble et, quand c'est arrivé, j'étais… émerveillée. Mais je savais où cela mènerait, c'est pourquoi il fallait à tout prix que je m'éloigne. Et puis je suis tombée enceinte et…

— Et tu m'as repoussé, même si tu étais folle de moi.

— Comment ne pas être folle d'un type aussi modeste que toi, Curtis ? dit-elle en riant avant de lui lancer un regard plus sérieux. J'ai eu mal quand tu m'as confié ton passé. Je comprenais enfin pourquoi tu étais capable d'être l'homme le plus ouvert et le plus généreux du monde, tout en refusant farouchement d'exprimer la moindre émotion. Je savais que tu voulais te marier pour le bien de ton enfant, mais cela m'aurait détruite d'être unie à quelqu'un que j'adorais, en sachant qu'il ne pourrait jamais me rendre mon amour. Et nous étions amis, comme tu me le rappelais sans cesse. Jamais je n'aurais pensé que ce mot résonnerait aussi cruellement dans ta bouche, acheva-t-elle avec un petit air mutin.

Curtis sourit.

— Mais en l'état actuel des choses, accepterais-tu, Jessica Carr, mon amie, mon amante et celle sans laquelle je serais incapable de vivre, de devenir ma femme ?

— Je pense que plus rien ne pourra m'en empêcher.

Épilogue

Alice Elizabeth Hamilton naquit deux jours après la date prévue et entra dans le monde sans faire d'histoires pour être placée dans les bras de ses parents comblés qui, selon la tradition, étaient mariés depuis cinq mois.

La cérémonie s'était déroulée dans le calme en l'église du village, et les jeunes mariés avaient passé leur lune de miel à Courchevel, même si, cette fois, le temps était différent et qu'il n'y avait pas eu de ski au programme.

Ils y étaient restés quelques jours avant de s'envoler pour le lac de Côme, vers l'un des plus beaux palaces qui surplombait l'étendue turquoise et offrait un paysage grandiose entouré de montagnes.

De retour en Angleterre, Curtis s'était mis en quête d'un logement suffisamment spacieux pour accueillir leur famille.

Jess avait d'emblée écarté les maisons trop grandes.

« Qui a besoin de huit chambres ? » avait-elle demandé ironiquement lorsqu'ils avaient visité la première demeure que l'agence immobilière mandatée spécialement par Curtis leur avait proposée.

Au bout d'un mois, ils avaient trouvé le cottage idéal, situé à une demi-heure de chez William, en direction de Londres, ce qui permettait à Curtis de s'y rendre facilement lorsqu'il en avait besoin. Ils avaient préféré cette option à une maison en périphérie de la capitale.

Pour Jess, le conte de fées qu'elle n'aurait jamais cru possible s'était produit, et ce n'est qu'après la naissance d'Alice qu'elle avait arrêté de se pincer de temps en temps pour s'assurer que sa vie n'était pas juste un rêve.

Car les rêves, avait-elle découvert, peuvent devenir réalité.

Retrouvez prochainement, dans votre collection

AZUR

La maîtresse de Vincenzo Moretti, de Maisey Yates - N°4532

Jamais Eloïse n'a oublié Vincenzo Moretti, prince d'Arista. Ni la façon dont son ami d'enfance l'a rejetée le jour où elle a été prise dans la tourmente d'un scandale. Aujourd'hui qu'il vient la retrouver, elle est aussi troublée que méfiante. Troublée, car il éveille en elle les mêmes fantasmes qu'autrefois. Méfiante, parce qu'il lui demande de rentrer avec lui au palais… pour y jouer le rôle de sa maîtresse ! Mais la situation se complique encore quand ils cèdent à la passion et qu'à la veille de Noël Eloïse se découvre enceinte…

Une alliance inoubliable, de Sharon Kendrick - N°4533

Cela fait dix-huit mois que Louise n'a pas croisé Giacomo Volterra. Son mari l'a en effet abandonnée au moment où elle avait le plus besoin de lui. Quel choc pour elle de le voir débarquer dans le petit village où elle s'est réfugiée après leur séparation ! Mais la raison de sa venue est plus incroyable encore. Giacomo lui révèle qu'il a tout oublié de leur mariage à la suite d'un accident. S'il est là, c'est pour qu'elle l'aide à recouvrer la mémoire, en lui rappelant les mois passionnés qu'ils ont passés ensemble…

Un tendre mystère, de Maya Blake - N°4534

Ekow Quayson ne croit pas aux coïncidences. La personne qui pirate sa banque se trouve à Cape Town, précisément la ville où il a rencontré une beauté fatale quelques mois plus tôt. Se pourrait-il que la douce Eva ait profité de leur liaison pour s'en prendre ensuite à lui ? Résolu à percer ce mystère, il s'envole en jet vers la femme qu'il n'est pas parvenu à oublier. Or voilà qu'en se confrontant à Eva il découvre qu'elle a eu un bébé de lui…

Un hiver au domaine, de Nina Singh - N°4535

Noël est synonyme de surprises, or Izzy en reçoit une de taille en découvrant Zayn Joffman sur le pas de sa porte ! Si l'homme d'affaires est de retour à Stackhouse, le domaine vinicole qu'elle dirige, c'est qu'ils en sont les héritiers ! Hélas, tous deux ne partagent pas la même vision quant à l'avenir des lieux. Tandis qu'Izzy est très attachée à son côté familial, Zayn voudrait propulser l'établissement sur le marché du vin haut de gamme. Mais il y a pire : alors qu'ils sont contraints de collaborer, l'attirance qui les liait autrefois resurgit, plus intense encore…

Les amants des neiges, d'Ellie Darkins - N°4536

Jess n'aime plus Noël. Toutefois, alors qu'elle s'apprête à passer les fêtes seule dans une lugubre demeure bloquée par la neige et probablement peuplée de fantômes, elle est prise d'angoisse. Jusqu'à ce qu'un homme frigorifié fasse irruption dans le manoir pour lui demander son aide. Bientôt, l'énigmatique Rufus se révèle être le maître des lieux. Pourrait-il être aussi celui de son cœur ?

Le défi d'Aisha, de Joss Wood - N°4537

De retour au Cap après une longue absence, Aisha est résolue à mettre le passé de côté pour se concentrer sur la mission qui pourrait propulser sa carrière : préparer l'ouverture du très luxueux hôtel de St. Urban. Hélas, elle découvre avec consternation qu'elle devra collaborer avec le grand chef étoilé Pasco Kildare. Pasco, qui n'est autre que son ex-mari et la raison pour laquelle elle est partie autrefois, le cœur brisé…

Le bébé de Singapour, de Kandy Shepherd - N°4538

Riche héritière, Sally Harrington s'envole pour Singapour avec l'intention d'échapper quelque temps à la frénésie de Londres et à l'intérêt qu'elle y suscite. Mais son séjour est loin d'être de tout repos. Sauvée de la noyade par un bel inconnu, elle passe une nuit inoubliable avec lui. Quel choc pour elle de découvrir au lendemain de leur étreinte que son amant n'est autre que le prince Edward de Tianlipin ! Alors que tous deux n'ont a priori aucun avenir ensemble, les voilà bientôt liés… par un bébé !

Promise à un prince scandaleux, d'Elisa Marshall - N°4539

SÉRIE : *LES MILLIARDAIRES DE GREY MANOR* - 2/3

Un mariage arrangé ? Stupéfaite, Serena de La Roccia découvre que, pour monter sur le trône et maintenir la paix dans son pays, elle doit épouser un prince inconnu auquel elle est promise depuis toujours. Bien que révoltée par cette alliance d'un autre âge, elle se rend à Londres pour apprendre à Alejandro Castelli qu'ils sont liés par un secret d'État. Or cet homme d'affaires, insupportable et scandaleux, ignore tout de son statut royal et refuse même de l'écouter. Jusqu'à ce que Serena décide de le séduire…

Un patron à convaincre, de Michelle Smart - N°4540

SÉRIE : *NOËL AVEC UN HOMME D'AFFAIRES* - 1/2

Un luxueux hôtel niché au cœur des Alpes suisses. Voilà le cadre de travail dans lequel Merry évolue, pour son plus grand plaisir. Satisfaire une clientèle exigeante est son maître mot, aussi est-elle mortifiée quand elle manque assommer un hôte avec un immense sapin de Noël ! Pire encore, l'homme se révèle être Giovanni Cannavaro, avec lequel elle est censée collaborer sur un projet d'envergure. Blessée d'être considérée comme une employée gauche, alors qu'elle se tue à la tâche, Merry décide de prouver son professionnalisme à son nouveau patron…

Nuits interdites à Barcelone, de Clare Connelly - N°4541

Quand il croise le regard de Sienna Thornton-Rose lors d'un mariage, Alejandro tombe immédiatement sous son charme. Hélas, il a juré à son meilleur ami de ne pas tenter de séduire cette jeune femme si candide. Toutefois, le jour où elle vient le retrouver à Barcelone pour lui proposer une aventure d'une semaine, il est incapable de résister plus longtemps à la tentation. Grisé par cette parenthèse sensuelle, Alejandro se demande bientôt comment il va pouvoir se contenter de sept nuits torrides…

Une fascination irrésistible, de Maggie Cox - N°4542

Mystérieux et terriblement attirant… Seth Broden est tout le contraire de ce à quoi Imogen s'attendait. Lorsqu'elle s'est présentée au manoir Evergreen, elle souhaitait seulement assouvir sa curiosité en rencontrant le nouveau propriétaire des lieux. Mais, maintenant qu'elle se tient face à Seth et à son sourire ravageur, elle ne peut s'empêcher de regretter sa décision. Cet homme exerce en effet sur elle une fascination irrésistible contre laquelle elle doit lutter, quoi qu'il lui en coûte. Car, si elle cède à la tentation, elle ne s'en sortira pas indemne, elle en est intimement persuadée…